El corazón delator y otros relatos

Edgar Allan Poe

El corazón delator y otros relatos

Nueva traducción al español
traducido del inglés por Joel Ramos

Rosetta Edu

Título original de los relatos y primera publicación: «The Tell-tale Heart», 1843; «William Wilson», 1839; «The Gold-bug», 1843; «The Assignation», 1834.

Ilustración de tapa: «El corazón delator» («The Tell-Tale Heart»), por Harry Clarke, impreso en Edgar Allan Poe, *Cuentos de misterio e imaginación (Tales of Mystery and Imagination)*, 1923.

Primera edición: Junio 2025

Publicado por Rosetta Edu
Londres, Junio 2025
www.rosettaedu.com

ISBN: 978-1-83647-118-9

Rosetta Edu

CLÁSICOS EN ESPAÑOL

Rosetta Edu presenta en esta colección libros clásicos de la literatura universal en nuevas traducciones al español, con un lenguaje actual, comprensible y fiel al original.

Las ediciones consisten en textos íntegros y las traducciones prestan especial atención al vocabulario, dado que es el mismo contenido que ofrecemos en nuestras célebres ediciones bilingües utilizadas por estudiantes avanzados de lengua extranjera o de literatura moderna.

Acompañando la calidad del texto, los libros están impresos sobre papel de calidad, en formato de bolsillo o tapa dura, y con letra legible y de buen tamaño para dar un acceso más amplio a estas obras.

Rosetta Edu
Londres
www.rosettaedu.com

INDICE

¡Es verdad! Cuan nervioso, terriblemente nervioso he estado y estoy; pero ¿por qué me llamarían loco? La enfermedad agudizó mis sentidos, no los destruyó ni los desafiló. Por sobre todas las cosas está el sentido del oído agudo. Oí todas las cosas en el cielo y en la tierra. Oí varias cosas en el infierno. ¿Cómo, entonces, puedo estar loco? ¡Atención! Observen la forma sana y calma en la que puedo contar toda la historia.

Es imposible definir cómo penetró por primera vez la idea en mi mente; pero una vez concebida me asechó día y noche. No había objetivo. No había pasión. Amaba al viejo. Nunca me lastimó. Nunca me insultó. No deseaba yo su oro. ¡Creo que fue su ojo! ¡Sí, eso fue! Tenía el ojo de un buitre, un ojo azul pálido, recubierto de opacidad. Cada vez que me observaba mi sangre se helaba; y de a poco, muy gradualmente, decidí asesinar al viejo y así librarme del ojo para siempre.

Este es el punto. Me creen loco. Los locos nada saben. Pero deberían haberme visto. Deberían haber visto cuán sabiamente procedí, con qué precaución, con qué previsión, con qué disimulo me esmeré. Nunca fui tan amable con el viejo como la semana que transcurrió antes de asesinarlo. Y cada noche, cerca de la medianoche, destrababa el pestillo de su puerta y la abría, pero muy suavemente. Y entonces, una vez que hubiera hecho espacio suficiente para mi cabeza, entraba una lámpara oscura, cerrada, bien cerrada, para que no brillara la luz, y entonces metía mi cabeza. ¡Oh, se habrían reído si hubieran visto con cuanto ingenio metía la cabeza! Me movía lentamente, muy, muy lentamente, para así no perturbar el sueño del viejo. Me llevó una hora meter la cabeza completa por la abertura lo suficiente para poder verlo acostado en su cama. ¡Ja! ¿Habría un loco sido tan precavido? Y entonces, cuando mi cabeza ya se encontraba dentro de la habitación, desarmaba la lámpara con cuidado —oh con muchísimo cuidado (ya que sus bisagras chirriaban)—, la desarmaba lo justo y necesario para que un único y tenue rayo de luz iluminara el ojo de buitre. Hice esto durante siete largas noches, cada noche a la medianoche, pero siempre encontré el ojo cerrado; por lo qué era imposible conseguirlo; ya que no era el viejo quien me fastidiaba, sino su Ojo Maldito. Y cada mañana, al despuntar el alba, me acercaba confiado a sus aposentos y le hablaba con valor, llamándolo por su nombre y con tono cariñoso, y le preguntaba cómo había pasado la noche. Notarán que el viejo tendría que haber sido sin duda muy perspicaz para sospechar que cada noche, justo a las doce, le observaba mientras dormía.

Para la octava noche fui más cuidadoso de lo normal al abrir la puerta. El minutero de un reloj se mueve más rápido que lo que se movió mi mano. Nunca antes de esa noche había percibido el alcance de mis poderes, de mi sagacidad. Apenas podía contener las emociones de triunfo. Pensar que allí estaba, abriendo la puerta poco a poco, y que ni en sus sueños imaginaría mis pensamientos o actos secretos. La idea me causó una leve risa; que quizás oyó; ya que se movió de repente en la cama, como sobresaltado. Pensarán que retrocedí, pero no. Su habitación estaba sumida en una oscuridad completa (ya que los postigos estaban bien cerrados, por miedo a los ladrones), y supe entonces que no pudo haber visto la puerta abrirse, por lo que seguí abriéndola a paso lento pero firme.

Mi cabeza ya estaba dentro y estaba a punto de abrir la lámpara cuando mi pulgar resbalo sobre la traba y el viejo saltó de la cama al grito de: «¿quién anda ahí?».

Me quedé quieto y no dije nada. Por una hora no moví ni un músculo, y mientras tanto no lo pude oír acostarse. Todavía estaba sentado en la cama escuchando; como lo había hecho yo, noche tras noche, atento a los relojes de muerte en la pared.

Entonces oí un ligero quejido y supe que era el quejido de terror mortal. No era un quejido de dolor o de tristeza, ¡Oh, no! Era el sonido bajo y ahogado que surge del fondo del alma cuando está cargada de temor. Conocía bien el sonido. Cuántas noches, justo a la medianoche, cuando el mundo dormía, se levantó de mi propio pecho, agravando con su espantoso eco los terrores que me distraían. Digo que lo conocía bien. Sabía lo que sentía el viejo y lo compadecía, a pesar de reír en mi corazón. Sabía que había estado despierto desde el primer leve sonido, desde que se giró en su cama. Desde entonces sus miedos habían crecido dentro suyo. Había intentado pensar que no tenían una causa, pero no pudo. Se había repetido: «no es más que el viento en la chimenea, solo es un ratón que camina por el piso» o «es solo un grillo que cantó una única vez». Sí, se había querido reconfortar con estas suposiciones, pero encontró que todo fue en vano. Todo en vano; ya que la Muerte, al acercársele lo había acechado con su sombra negra hasta envolverlo. Y fue el doloroso silencio de la sombra no percibida que lo llevó a sentir, aunque no la vio ni oyó, la presencia de mi cabeza en la habitación.

Tras esperar por un largo rato muy pacientemente sin oírlo acostarse, decidí abrir un poco —muy, muy poco— la lámpara. Así que la abrí —no pueden imaginar cuán sigilosamente— hasta que un simple y tenue rayo, como el hilo de una telaraña, iluminó desde la lámpara el ojo de buitre.

Estaba abierto, completamente abierto, y me enfurecí al observarlo. Lo veía con perfecta distinción, todo de color azul apagado, cubierto por un velo repugnante que me helaba hasta el mismo tuétano; pero no podía ver nada más del rostro o la persona del viejo, ya que había puesto el rayo como por instinto sobre ese maldito punto.

¿Y no les he dicho que lo que confunden por locura no es más que una sobreagudización de los sentidos? Ahora les digo, me llegó a los oídos un sonido bajo, sordo y veloz, como el que hace un reloj envuelto en algodón. También conocía bien aquel sonido. Era el latido del corazón del viejo. Hizo crecer mi furia, así como el resonar del tambor le otorga valor al soldado.

Pero incluso entonces me contuve y me quedé quieto. Apenas si respiraba. Mantuve la lámpara quieta. Probé cuan firme podía mantener el rayo de luz sobre el ojo. Mientras, el infernal tuntún de su corazón crecía. Se volvió más y más rápido, y más y más fuerte con cada instante. ¡El terror del viejo debe haber sido extremo! ¡Les digo, se volvía más y más fuerte a cada momento! ¿Me siguen? Les he dicho que soy alguien nervioso, eso sí que soy. Y ahora en la penumbra de la noche, entre el horroroso silencio de aquella vieja casa, un sonido así de extraño me provocaba un terror incontrolable. Sin embargo, durante unos minutos más me contuve y me quedé quieto. ¡Pero el latido se volvía cada vez más fuerte! Creí que el corazón estaba por explotar. Y ahora me alcanzó una nueva ansiedad, ¡algún vecino podría oír aquel latido! Al viejo le había llegado la hora. Con un grito fuerte abrí la lámpara y me abrí paso en la habitación. Chilló una vez, una sola vez. En un instante lo arrastré al suelo y tiré la pesada cama sobre él. Sonreí gozoso al descubrir que ya estaba hecho. Pero durante varios minutos el corazón siguió latiendo con un sonido apagado. Esto, sin embargo, no me molestó; no se podría oír a través de la pared. Tras un rato cesó. El viejo estaba muerto.

Quité la cama y examiné el cadáver. En efecto, estaba petrificado, petrificado hasta la muerte. Puse mi mano sobre su corazón y la mantuve allí durante varios minutos. No había pulso. Estaba muerto. Su ojo no me perturbaría más.

Si aún me creen loco no lo harán más cuando les describa las sabias precauciones que tomé para ocultar el cuerpo. La noche se desvanecía y trabajé con velocidad, pero en silencio. Lo primero que hice fue desmembrar el cuerpo. Corté la cabeza, los brazos y las piernas.

Levanté entonces tres tablas del suelo de la habitación y deposité todo entre las vigas. Remplacé las tablas con tanto ingenio y astucia que ningún ojo humano, ni siquiera el suyo, podría haber detectado algo fuera de lugar. No había nada que limpiar, ninguna mancha de ningún tipo, ningún rastro de sangre. Había sido demasiado precavido, la bañera lo recibió todo. ¡Ja, ja!

Una vez que terminé con mis quehaceres eran las cuatro en punto, todavía tan oscuro como a la medianoche. Al sonar la campana sonó también un golpe en la puerta que daba a la calle. Bajé a abrirla con el corazón tranquilo, ¿qué podía temer? Entraron tres hombres que se presentaron, con perfecta cortesía, como oficiales de la policía. Un vecino había oído un chillido durante la noche y le generó sospechas de que algún mal había ocurrido; se recogió la información en las oficinas policiales y ellos (los oficiales) habían sido encargados con la tarea de registrar el recinto.

Sonreí, ¿qué podía temer? Les di la bienvenida a los caballeros. El chillido, dije, fue el mío durante un sueño. El viejo, mencioné, se encontraba en el campo. Llevé a mis visitas por toda la casa. Les permití buscar y rebuscar. Los guié, al final, hasta su habitación. Les mostré sus tesoros, seguro y despreocupado. En el entusiasmo de mi confianza traje sillas hasta la habitación y les insté a descansar de sus fatigas, mientras que yo mismo, con la audacia salvaje de mi perfecto triunfo, coloqué mi propia silla sobre el punto exacto en el que descansaban los restos de la víctima.

Los oficiales estaban satisfechos. Mi comportamiento los convenció. Me sentí particularmente en calma. Se sentaron y mientras yo respondía con agrado, charlaron de cosas familiares. Pero tras un rato, comencé a sentir cómo empalidecía y deseé que se fueran. Me dolía la cabeza y sentía un campanilleo en mis oídos, pero todavía charlaban sentados. Hablé con más soltura para librarme de la sensación, pero esta persistió y se volvió más definida, hasta que al fin descubrí que el sonido no estaba en mis oídos.

Sin duda empalidecí *muchísimo*; pero hablé más fluido y subí el tono de voz. Aun así, el sonido crecía ¿y qué podía hacer? Era un sonido bajo, sordo y veloz, muy similar al sonido que hace un reloj envuelto en algodón. Comencé a jadear en busca de aire pero ni así los oficiales podían oírlo. Hablaba cada vez más rápido y con mayor vehemencia; pero el sonido seguía creciendo. Me levanté y debatí sobre nimiedades, en un tono alto y con gesticulación violenta; pero el sonido seguía creciendo. ¿Por qué no se iban? Mis pasos atravesaron el suelo de aquí a allá con zancadas pesadas, como enfurecidos por las observaciones de los hombres, pero el sonido seguía creciendo. ¡Oh, Dios! ¿Qué podía hacer? Eché espuma por la boca, deliré, maldije. Balanceé la silla sobre la que había estado sentado y la restregué sobre los tablones, pero el sonido creció y siguió creciendo. ¡Se volvía cada vez más fuerte, más y más fuerte! Y los hombres todavía charlaban agradablemente y sonreían. ¿Era posible que no lo oyeran? ¡Dios todopoderoso! ¡No, no! ¡Lo oían! ¡Sospechaban! ¡Lo sabían! ¡Se burlaban de mi horror! Esto pensaba y esto pienso. ¡Pero cualquier cosa era mejor que esta agonía! ¡Cualquier cosa era más soportable que este escarmiento! ¡Ya no podía aguantar aquellas sonrisas hipócritas! Sentí que debía gritar o morir. Y ahora, de nuevo. ¡Presten atención! ¡Más fuerte! ¡Más fuerte! ¡Más fuerte! *¡Más fuerte!*

—¡Villanos! —chillé—. ¡Ya no puedo disimular! ¡Lo admito! ¡Levanten las tablas! ¡Aquí, aquí! ¡Aquí está el latido de su horrendo corazón!

WILLIAM WILSON

> ¿Qué decir de ella?
> ¿qué decir de esa lúgubre conciencia,
> de ese espectro en mi camino?
> —*Pharronida de Chamberlayne*

Permítanme llamarme, por ahora, William Wilson. No es necesario manchar esta página blanca que tengo ante mí con mi nombre real. Ya ha sido objeto de suficiente desprecio, suficiente horror, suficiente odio de mi linaje. ¿No han esparcido su infamia sin igual los vientos indignantes por todos los confines del globo? ¡Oh, el más abandonado y marginado de todos! ¿Acaso no estás muerto para siempre para la tierra? ¿Para sus honores, para sus flores, para sus aspiraciones doradas? ¿No flota eternamente una nube densa, desoladora e infinita entre tus esperanzas y el cielo?

No quisiera, aunque pudiera, registrar hoy y aquí mis últimos y miserables años de crímenes imperdonables. Esta época, estos últimos años, escalaron una elevación repentina en la depravación, cuyo origen es mi propósito recapitular. El hombre suele volverse vil gradualmente. En mi caso, toda la virtud se desprendió de mí en un instante como un manto. Atravesé desde una maldad que en comparación era banal, con pasos de gigante, hasta atrocidades mayores que las de Elagabalus. Para conocer la circunstancia, el evento que trajo consigo esta maldad, tendrán que acompañarme en mi relato. La muerte acecha; y la sombra que es su heraldo influencia y socava mi espíritu. Añoro, mientras atravieso el valle oscuro, la simpatía —casi podría decir la lástima— de mis semejantes. Hubiera querido que me creyeran, en cierta medida, esclavo de circunstancias ajenas al control humano. Hubiera deseado que buscaran para mí, en los detalles que voy a dar, algún pequeño oasis de fatalidad entre un desierto de errores. Quisiera que reconocieran lo que no pueden dejar de reconocer, que, aunque la tentación que haya existido fuera grande, ningún hombre fue tentado así antes y, por cierto, nunca cayó así. ¿Será, entonces, que nunca sufrió así? ¿No he estado viviendo en un sueño? ¿No me muero ahora como víctima del horror y el misterio de las más salvajes visiones terrenales?

Soy descendiente de una raza cuyo temperamento imaginativo y fácil de provocar los ha hecho siempre destacar; y, en mis primeros años, demostré haber heredado todo el carácter familiar. Mientras avanzaba en edad este se desarrolló con más fuerza; lo que lo transformó, por muchas razones, en una causa de serios desacuerdos con mis amigos y verdadero perjuicio para mí mismo. Me convertí en alguien testarudo, adicto a mis caprichos salvajes y presa de las pasiones más incontrolables. Débiles de espíritu y rodeados de flaquezas similares a las mías, mis padres no podían hacer mucho para controlar la vil propensión que me distinguía. Algunos esfuerzos tímidos y torpes resultaron ser fracasos rotundos por su parte y, por supuesto, triunfos totales por la mía. Desde entonces mi voz se volvió la ley de la casa; y en una edad para la que pocos niños dejan de ser guiados por la mano de sus padres, fui dejado a la vera de mi propia voluntad, lo que me convirtió, en la práctica, en el amo de mis propias acciones.

Mis primeros recuerdos de una vida escolar están conectados a una gran casa laberíntica de arquitectura isabelina, ubicada en una brumosa aldea de Inglaterra, con un vasto número de árboles gigantescos y nudosos, y donde todas las casas eran excesivamente antiguas. Aquel venerable y antiguo pueblo era en verdad un lugar de apariencia onírica y que calmaba el espíritu. Siento en este momento, en mi imaginación, el frío reconfortante de sus avenidas profundamente sombreadas, inhalo la fragancia de sus miles de arbustos y me emociono y deleito otra vez, más allá de lo que puedo explicar, con la nota profunda y hueca de la campana de la iglesia, que cada hora irrumpe, con un rugido hosco y repentino, en la paz de la atmósfera vespertina en la que descansaba dormido el calado campanario gótico.

Me da, tal vez, tanto placer como me es posible experimentar en cualquier forma, revivir pequeños recuerdos de la escuela y sus asuntos. Inmerso en la miseria como estoy —¡miseria!, lamentablemente, demasiado real—, me será permitido buscar alivio, aunque sea leve y temporal, en la debilidad de algunos detalles vagos. Estos, triviales y hasta ridículos, ocupan en mi imaginación una importancia accidental, conectada con un periodo y lugar en los que reconozco las primeras ambigüedades del destino que más tarde me opacaría por completo. Permítanme recordarlas.

La casa, como he dicho, era antigua e irregular. El extenso terreno estaba rodeado por un alto tapial de ladrillo sólido, con argamasa y vidrio en la parte superior. El muro, similar al de una prisión, delimitaba nuestro dominio; solo veíamos más allá de este tres veces por semana: todos los sábados por la tarde, cuando, acompañados por dos preceptores, se nos permitía dar breves paseos grupales por algunos de los campos vecinos, y dos veces los domingos, en los que visitábamos como cumplimiento formal los servicios matutinos y vespertinos de la única iglesia de la aldea. El director de nuestra escuela era el pastor de esta. ¡Con cuán profundo espíritu de admiración y perplejidad solía mirarlo desde nuestro banco lejano cuando, con paso lento y solemne, ascendía al púlpito! Aquel reverendo, de semblante tan benigno, con togas tan brillantes y clericales, su peluquín tan cuidado, tan rígido e inmenso, ¿sería este el mismo quien, no tanto antes, con mirada agria y vestiduras empolvadas administraba, con mano dura, las leyes draconianas de la academia? ¡Oh, cuán gran paradoja, demasiado monstruosa para hallarle solución!

Detrás de una esquina del muro macizo asomaba una puerta aún más imponente, remachada y tachonada con pernos de hierro y encabezada por púas puntiagudas de hierro. ¡Cuán profundo asombro nos transmitía! Nunca se abría salvo por las tres salidas e ingresos periódicos ya mencionados; era entonces, con cada chirrido de sus poderosas bisagras, que hallábamos tanto misterio: un mundo cuyas cosas ameritaban ser observadas, o incluso meditadas con solemnidad.

El extenso recinto tenía una forma irregular, con varios espacios vacíos. De estos, tres o cuatro de los más grandes constituían el patio de juegos. Este patio era llano y estaba cubierto con gravilla fina y dura. Recuerdo bien que no había árboles ni bancos ni nada similar en él. Por supuesto que se encontraba en la parte trasera de la casa. En el frente había un pequeño cantero, con bojes y otros arbustos, pero solo atravesábamos esta sección sagrada en contadas ocasiones, como la primera llegada a la escuela o la última salida, o tal vez, cuando algún padre o amigo nos buscaba, al partir gozosos a nuestros hogares en las vacaciones de verano o de Navidad.

¡Oh, pero la casa! ¡Cuán pintoresco era el antiguo edificio! ¡Qué auténtico palacio de encanto era para mí! Realmente sus recovecos no tenían fin, ni tampoco sus incomprensibles subdivisiones. Era siempre difícil saber con certeza si uno se encontraba en la planta baja o el primer piso. Desde cada habitación se podían encontrar tres o cuatro escalones, ya sea hacia arriba o hacia abajo. También las ramas laterales eran innumerables, inconcebibles, y tan replegadas sobre sí mismas que nuestras ideas sobre la mansión no eran tan diferentes de aquellas con las que contemplábamos el infinito. Durante los cinco años en los que residí allí nunca fui capaz de determinar con exactitud en qué remota ubicación se encontraba el pequeño aposento que me fue asignado junto con otros dieciocho o veinte estudiantes.

El salón escolar era el más amplio de la casa; yo no podía evitar pensar que era también el más amplio del mundo. Era largo, estrecho y sombríamente bajo, con ventanas góticas en punta y un cielorraso de roble. En una esquina remota y terrorífica había un recinto cuadrado de unos dos o tres metros donde se encontraba el sanctasanctórum de nuestro director, el reverendo y doctor Bransby. Era una estructura sólida, con una puerta maciza, que antes que abrirla en ausencia del reverendo preferíamos perecer ante la *peine forte et dure*. En otras esquinas había dos casillas similares, menos reverenciadas, por cierto, pero aun así respetadas. Una de estas era el púlpito para la clase de «clásicos», y la otra el de «inglés y matemáticas». Dispersos en la habitación, cruzados y entrecruzados con irregularidad, había innumerables bancos y escritorios, negros, antiguos y corroídos; con pilas desesperadas de libros desgastados, y tan llenos de iniciales, nombres, dibujos grotescos y otros varios esfuerzos de la cuchilla, que habían perdido por completo la forma original que tuvieron en sus primeros días. En una punta del salón se podía encontrar un balde de agua y en la otra un enorme reloj.

Entre las paredes macizas de esta venerable academia transcurrieron, aunque sin disgusto ni tedio, los años del tercer lustro de mi vida. La mente rebosante de la niñez no requiere de los incidentes del mundo exterior para ocuparse o sorprenderse; y la monotonía aparentemente lúgubre de una escuela estaba repleta de una emoción más intensa que la que conseguí en mi inmadura juventud mediante los lujos, o durante mi adultez mediante el crimen. Aun así, creo que mi primer desarrollo mental tuvo una gran cuota de extrañeza, incluso de exageración. El grueso de los hombres no suele recordar con total definición los eventos de la infancia temprana. Todo es una sombra gris, un recuerdo vago e irregular, una recolección indistinta de placeres débiles y dolores fantasmagóricos. En mi caso no es así. En la niñez debo de haber experimentado con la energía de un hombre lo que ahora hallo estampado en mi memoria con imágenes tan vívidas, profundas y duraderas como las inscripciones de las medallas cartaginesas.

Sin embargo, para los ojos del mundo, ¡cuán poco hay para recordar! El despertar matutino, los llamados vespertinos para dormir; el estudio, las recitaciones; las periódicas vacaciones a medias y los paseos; el patio de juegos, con sus disputas, sus pasatiempos y sus intrigas; estos recuerdos, mediante un hechizo mental ya olvidado, contenían una sensación salvaje, un mundo de incidentes vívidos, un universo de sentimientos variados y de emoción apasionada que agitaban el espíritu. *«Oh, le bon temps, que ce siècle de fer !»*

El ardor, el entusiasmo, y mi ineludible disposición pronto me convirtieron en un personaje destacado entre mis compañeros, y mediante gradaciones lentas pero naturales me hicieron ascender entre todos los que no eran mucho mayores que yo, excepto por uno. Esta excepción se encontraba en un alumno que, aunque sin parentesco, compartía mi nombre y apellido; una circunstancia que, de hecho, no era tan destacable; ya que, a pesar de tener una ascendencia noble, mi apellido era uno de aquellos que, por derecho colectivo, pertenecen desde tiempos inmemoriales a la plebe. Decidí entonces designar para mí en esta narrativa el nombre de William Wilson, un nombre ficticio no muy diferente al real. Únicamente mi tocayo, quien pertenecía a lo que en la fraseología escolar se lo conoce como «nuestro grupo», se atrevía a competir conmigo en los estudios, en los deportes y las querellas del patio, a rehusarse a creer a ciegas en mis afirmaciones y someterse a mi voluntad; en definitiva, a interferir de cualquier forma en mis dictados arbitrarios. Si hay en la tierra un despotismo supremo y absoluto es el de una mente maestra en la infancia sobre los espíritus menos enérgicos de sus pares.

La rebelión de Wilson fue para mí fuente de la mayor vergüenza; en especial porque, a pesar de empeñarme en tratarlo como bravucón en público, me sentía en secreto intimidado por él y no podía evitar pensar que la igualdad con la que se manejaba conmigo era prueba de su verdadera superioridad; ya que no ser superado me presentaba una lucha perpetua. Sin embargo, esta superioridad, incluso esta igualdad, nadie la reconocía salvo por mí; nuestros compañeros, aparentemente ciegos, no parecían sospecharla. En efecto, su competencia, su resistencia y en especial su impertinencia y obstinada interferencia en mis propósitos, eran tan marcadas como privadas. No parecía poseer ni la ambición ni la apasionada energía mental que me permitían sobresalir. En su rivalidad se puede suponer que actuaba únicamente por un capricho de frustrarme, asombrarme o mortificarme; aunque hubo veces en las que no pude evitar observar, con una sensación compuesta de asombro, humillación y despecho, que con sus injurias, insultos o contradicciones pretendía demostrar, por supuesto de forma inapropiada y no bienvenida, una especie de aprecio. Solo podía concebir este comportamiento inusual como producto de un concepto propio consumado, que adoptaba aires vulgares de condescendencia y protección.

Quizás fue este último rasgo de la conducta de Wilson, sumado al nombre compartido y el hecho accidental de haber ingresado a la escuela el mismo día, el que afloró la idea de que éramos hermanos entre los alumnos mayores de la academia. No es común que estos se entrometan con tanto escrutinio en los asuntos de los menores. He mencionado, o debo haberlo hecho, que Wilson no tenía ningún parentesco, por más remoto que fuera, con mi familia. Pero sin duda, de haber sido hermanos debíamos ser mellizos; ya que, tras abandonar la academia del doctor Bransby, supe por casualidad que mi tocayo era nacido el diecinueve de enero de 1813, extraordinaria coincidencia; precisamente el mismo día de mi nacimiento.

Puede parecer extraño que a pesar de la ansiedad continua que me causaba la rivalidad con Wilson y su intolerable espíritu de contradicción, no podía llegar al punto de odiarlo. Es verdad que casi todos los días teníamos una disputa en la que, aunque aceptaba en público la derrota, me hacía sentir de alguna forma que era él quien merecía el triunfo; sin embargo, una sensación de orgullo por mi parte y una dignidad auténtica por la suya, nos mantenían en lo que se denomina «buenos términos», aunque había varios puntos de fuerte afinidad entre nuestros temperamentos, lo que me hacía pensar que tal vez lo único que nos impedía desarrollar una amistad era nuestra situación. Mis sentimientos hacia él formaban una amalgama heterogénea y multicolor; cierta enemistad petulante que no llegaba a ser odio, algo de estima, más de respeto, mucho miedo y un mundo de curiosidad inquieta. Para el moralista no hará falta decir que, además, Wilson y yo éramos inseparables.

Fue sin duda la anomalía de la situación que existía entre nosotros lo que convirtió mis ataques hacia él (que eran varios, ya sea abiertos o encubiertos) en burlas o bromas (que lastimaban disfrazadas de diversión) en lugar de una hostilidad más seria o determinada. Pero mis esfuerzos en este sentido estaban lejos de ser exitosos, incluso cuando mis planes eran maquinados con ingenio; ya que mi tocayo poseía una austeridad tranquila y discreta que, si bien le permitía disfrutar de la agudeza de sus propias bromas, no tiene talón de Aquiles y se rehúsa rotundamente a ser objeto de burla. Pude encontrar solo un punto vulnerable, que recaía en una peculiaridad personal, proveniente, tal vez, de una enfermedad constitucional —este no hubiera sido recalcado por nadie salvo por un antagonista tan exasperado como yo—: mi rival tenía una debilidad en sus órganos vocales, que le impedía alzar su voz más allá de un leve susurro. No perdí la oportunidad de sacar cuanta ventaja pude de este defecto.

Wilson contratacaba con varias represalias; y había una de las formas de su ingenio que me perturbaba más allá de lo natural. Cómo su sagacidad descubrió por primera vez la forma en que tal cosa me irritaría es una pregunta que nunca pude contestar; pero, una vez que la descubrió comenzó a usarla como molestia de forma habitual. Siempre sentí aversión por mi apellido poco refinado y por mi nombre tan común, incluso plebeyo. Las palabras eran como veneno en mis oídos; y cuando, el día que llegué, llegó también un segundo William Wilson a la academia, me enojé con él por llevar el nombre y estaba doblemente disgustado con el nombre a causa de que era un extraño quien lo llevaba, quien sería la causa de que se repitiera dos veces, quien estaría constantemente en mi presencia y cuyos asuntos, en la rutina ordinaria escolar sería, de forma inevitable, por culpa de la detestable coincidencia, a menudo confundido conmigo.

Esta irritación creció cada vez más con cada circunstancia que mostraba algún parecido, moral o físico, entre mi rival y yo. No había para ese entonces descubierto que teníamos la misma edad; pero sí noté que teníamos la misma altura y percibí que incluso compartíamos la misma morfología y los mismos rasgos. También me molestaba el rumor que circulaba, acrecentado por los mayores, sobre un supuesto parentesco entre nosotros. En resumen, nada me perturbaba más (aunque escondía esta perturbación con esmero), que cualquier alusión a un parecido de mente, persona o condición que existiera entre nosotros. Pero, a decir verdad, no tenía razón para creer que (con la excepción del asunto del parentesco y en el caso del mismo Wilson) esta similitud haya sido alguna vez sujeto de comentarios, o incluso observada por nuestros compañeros. Que notaba todos sus matices, y tanto como yo, era aparente; pero que haya podido descubrir en tales circunstancias una posibilidad de explotar tal molestia solo se podía atribuir, como he dicho antes, a su penetración extraordinaria.

Su respuesta, que consistía en perfeccionar una imitación mía, abarcaba palabras y acciones; y cumplía de forma admirable. Mi vestimenta era un asunto fácil de copiar; mi andar y mis gestos fueron, sin mayor dificultad, adoptados; a pesar de su defecto constitucional, incluso mi tono de voz no se le escapaba. Cuando yo levantaba la voz, por supuesto, él evitaba imitarlo, pero el tono era idéntico, *y su susurro singular se volvió poco a poco un eco de mi voz.*

La manera en que este retrato tan exquisito me acosaba (ya que no puedo catalogarlo como una mera caricatura) no me aventuraré en describir. Tenía un solo consuelo, el hecho de que la imitación, aparentemente, solo la podía notar yo, y que únicamente debía soportar las sonrisas extrañamente sarcásticas y cómplices de mi tocayo. Satisfecho con haber producido en mí el efecto que pretendía, parecía reír en secreto gracias al aguijón que me había clavado y desdeñaba sin dudar el aplauso público que el éxito de sus ingeniosos propósitos le hubieran otorgado. Que la escuela no percibiera su objetivo, su logro, y que no participara en su mofa fue por varios meses ansiosos para mí, un acertijo sin solución. Tal vez la profundidad de su copia no fuera tan fácil de percibir, o aún más plausible, le debía mi seguridad a la maestría del copista quien, menospreciando lo literal (que es cuanto el obtuso puede ver en una pintura), ofrecía el espíritu completo de su original para mi observación y mortificación personales.

He mencionado ya más de una vez el desagradable aire de condescendencia que adoptaba hacia mí y su frecuente y obstinada interferencia contra mi voluntad. Esta interferencia a menudo tomaba la descortés forma de consejo; consejo que no ofrecía abiertamente, sino que insinuaba. Lo recibía con una repugnancia que creció junto a mí con los años. Sin embargo, en este día distante, permítanme reconocer que no puedo recordar ninguna ocasión en la que las sugerencias de mi rival fueran errores o deslices tan frecuentes en su edad inmadura y su inexperiencia; que su sentido moral, al menos, o sus talentos generales y sabiduría, estaban más desarrollados que los míos; y que, al día de hoy, podría ser más feliz y alguien mejor de no haber rechazado con tanta frecuencia su consejo, que venía en forma de susurros que entonces odiaba y detestaba con amargura.

Con el tiempo llegué a impacientarme en extremo bajo su desagradable supervisión y cada día resentía de forma más abierta lo que consideraba su arrogancia intolerable. He dicho que, en nuestros primeros años como compañeros, mis sentimientos hacia él podrían haber madurado hacia una amistad; pero, en mis últimos meses en la academia, a pesar de que la intrusión de su comportamiento ordinario había, sin duda, en cierta medida abatido mis sentimientos, en una proporción similar contenía una gran parte de odio. En una ocasión notó esto, creo yo, y desde entonces me evitó, o se lo propuso.

Fue en ese tiempo, si mal no recuerdo, que, en un altercado de violencia en el que él había bajado la guardia más de lo habitual y hablado y actuado con un comportamiento abierto ajeno a su naturaleza, descubrí, o creí descubrir, en su acento, en su aire y su apariencia general algo que me sobresaltó y me interesó, trayendo a mi memoria tenues visiones de mi niñez, recuerdos salvajes, confusos y agolpados de un tiempo en que mi memoria no había todavía nacido. No puedo describir mejor la sensación que me oprimía que decir que apenas podía quitar de mi cabeza la sensación de haber estado emparentado con el ser que tenía enfrente, en alguna época muy lejana, algún punto del pasado, aunque hubiera sido infinitamente remoto. El delirio, sin embargo, se esfumó tan rápido como vino; y solo lo menciono para definir el día en que conversé por última vez con mi particular tocayo.

La antigua gran casa, con sus innumerables subdivisiones, tenía varias salas grandes que se comunicaban entre ellas, en las que dormía la mayor parte de los estudiantes. Había, sin embargo (como es necesario que suceda en un edificio planificado de forma tan extraña), muchos rincones y recovecos, restos y vestigios de la estructura; y estos también fueron equipados como dormitorios gracias a la ingenuidad económica del doctor Bransby; aunque, al haber sido vestidores, solo podían alojar a una persona. Uno de estos pequeños cuartos era ocupado por Wilson.

Una noche, cerca del fin de mi quinto año en la escuela e inmediatamente después del altercado ya mencionado, tras cerciorarme de que todos estaban sumidos en el sueño, me levanté de la cama y, con lámpara en mano, me aventuré por el laberinto de pasillos estrechos que llevaban al cuarto de mi rival. Por largo tiempo maquiné una de aquellas bromas pesadas a su costa, de aquellas que tantas veces resultaron fallidas por mi parte. Era mi intención, ahora, poner mi plan a prueba, y decidí hacerle sentir la totalidad de mi malicia. Una vez que llegué a su vestidor dejé la lámpara afuera, cubierta por una pantalla, y entré en silencio. Di un paso y pude oír el sonido de su respiración tranquila. Una vez me aseguré de que estaba dormido volví, tomé la lámpara y me acerqué a la cama. Estaba cubierta por unas cortinas cerradas que, acorde a mi plan, abrí de forma lenta y silenciosa, lo que permitió que los brillantes rayos de luz cayeran sobre el durmiente al mismo tiempo que mis ojos sobre su semblante. Observé y de repente una sensación congelada y entumecedora me azotó. Mi pecho se agitó, mis rodillas temblaban y todo mi espíritu se vio poseído por un horror sin sentido e insoportable. Jadeando, acerqué la lámpara todavía más a su rostro. ¿Eran estos... eran estos los rasgos de William Wilson? Pude ver, claro estaba, que eran los suyos, pero temblé como si por culpa de una fiebre imaginara que no lo eran. ¿Qué había en ellos que me confundía de esta forma? Observé nuevamente; mientras mi cerebro se enmarañaba con una multitud de pensamientos incoherentes. No parecía, seguro estaba de ello, tener la misma vivacidad que en sus horas despiertas. ¡El mismo nombre! ¡La misma morfología! ¡El mismo día de llegada a la academia! ¡Y entonces la maldita imitación sin sentido de mi postura, mi voz, mis hábitos y mis gestos! ¿Era en realidad posible dentro de los límites humanos que lo que pudiera ahora ver fuera el resultado, únicamente, de la práctica habitual de su imitación sarcástica? Golpeado por el asombro y temblando apagué la lámpara, atravesé el cuarto y abandoné los pasillos de esa antigua academia, para nunca más volver a atravesarlos.

Tras el lapso de algunos meses, pasados en mi casa en inactividad, volví a estudiar, esta vez en Eton. El breve intervalo fue suficiente para debilitar mis recuerdos de los eventos en la academia del doctor Bransby, o al menos para efectuar un cambio material en la naturaleza de los sentimientos con los que los recordaba. La verdad y la tragedia del drama ya no existían. Podía ahora encontrar espacio para dudar de la evidencia de mis sentidos; y rara vez recordaba el asunto sino con asombro por la magnitud de la credulidad humana y una sonrisa ante la vívida fuerza de la imaginación que contraje por heredad. No era probable que ninguna de estas formas de escepticismo fuera apaciguadas por el tipo de vida que llevaba en Eton. El torbellino de pensamientos vacíos al que me encontraba tan temerariamente aferrado limpió todo excepto la impureza de mis horas pasadas, engulló de una vez cada impresión sólida o seria y solo dejo en la memoria las más puras liviandades de una existencia anterior.

No deseo, sin embargo, trazar el curso de mi despilfarro miserable, despilfarro que estableció un desafío a las leyes, mientras que eludía la vigilancia de la institución. Tres años de insensatez transcurridos sin provecho no me otorgaron más que hábitos arraigados de vicio y añadieron, en un nivel algo inusual, a mi estatura corporal cuando, tras una semana de disipación disoluta, invité a un pequeño grupo de los estudiantes más depravados a una juerga en mis aposentos. Nos encontramos a altas horas de la noche; ya que nuestro libertinaje sería extendido hasta la madrugada. El vino fluía sin medida y no faltaban otras, tal vez más peligrosas, seducciones; al punto que el amanecer gris había ya asomado por el este, mientras que nuestra extravagancia delirante se encontraba en su clímax. Sumido en los naipes y la intoxicación, me encontraba en el acto de insistir por un brindis especialmente profano cuando mi atención se desvió de repente por el violento, aunque parcial, abrir de la puerta del aposento, y por la voz ansiosa de un sirviente de afuera. Decía que una persona, aparentemente con prisa, pedía hablar conmigo en el pasillo.

Extasiado de vino, la interrupción inesperada me resultó más alegre que sorpresiva. Salí tambaleándome y tras unos pasos hallé el vestíbulo del edificio. En esta pequeña y baja habitación no colgaba ninguna lámpara; y no había ninguna luz, salvo el muy tenue amanecer que se abría paso a través de la ventana semi-circular. Una vez atravesada la entrada descubrí la imagen de un joven de mi estatura y vestido con una bata de cachemira blanca, confeccionada con el mismo estilo novedoso que la que llevaba puesta yo. La luz tenue me permitía percibir su vestimenta; pero no podía distinguir los rasgos de su rostro. Al entrar se acercó rápidamente a mí y, tomándome del brazo con un gesto de impaciencia petulante me susurró al oído: «William Wilson».

En un instante me sentí perfectamente sobrio.

Era aquello en el comportamiento del extraño y en su tembloroso dedo levantado, que sostenía entre mis ojos y la luz, lo que me llenaba de indescriptible asombro; pero no era esto lo que me conmovía de forma tan violenta, sino la solemne admonición en la singular pronunciación, baja y seseante; y sobre todo era el carácter, el tono y el sonido de aquellas simples, breves y familiares, aunque susurradas sílabas, que me chocaron con miles de memorias de días olvidados y golpearon mi alma con la descarga de una batería galvánica. No había terminado de recuperar el uso de mis sentidos cuando el visitante desapareció.

Aunque este evento tuvo un efecto vívido en mi imaginación desordenada, fue tan efímero como vívido. Durante algunas semanas me ocupé con esmero, o me sumergí en una nube de especulación mórbida. No pretendía negarle a mi percepción la identidad del individuo singular que interfería perseverante en mis asuntos y me acosaba con sus consejos inusitados. ¿Pero quién y qué era este Wilson? ¿De dónde venía? ¿Cuáles eran sus propósitos? A ninguna de estas preguntas pude responder de forma satisfactoria, solo pude averiguar que un accidente familiar repentino causó su salida de la academia del doctor Bransby la misma tarde del día en que la abandoné yo. Pero luego de un breve periodo dejé de pensar en el asunto; mi atención se vio absorbida en una partida inminente hacia Oxford. Hacia allí me encaminé; la vanidad irreflexiva de mis padres me dotó de una pensión anual que me permitiría consentir a voluntad en todos los lujos ya tan preciados por mi corazón, a rivalizar en gasto con los herederos más altivos de los condados más ricos de Gran Bretaña.

Emocionado por tantos vicios, mi temperamento constitucional creció redoblado en ardor y rechacé hasta las moderaciones más comunes de la decencia en la locura apasionada de mis diversiones. Pero era absurdo detenerse en el detalle de mi extravagancia. Digamos que, en derroche superé hasta al propio Herodes y que, dando nombre a tantas otras locuras, no fue breve el apéndice que añadí al extenso catálogo de vicios entonces usuales en la universidad más disoluta de Europa.

Era difícil de creer, sin embargo, que hubiera caído yo, incluso allí, desde el estado caballeresco para buscar familiarizarme con las artes más viles del apostador profesional y, una vez adepto a tan despreciable ciencia, practicarla habitualmente como medio de incrementar mi ya enorme ingreso a costa de los débiles de espíritu entre mis compañeros de colegio. Ese era, de todas formas, el caso. Y la enormidad de esta ofensa contra todo sentimiento masculino y honorable probó sin lugar a dudas la razón principal, si no la única, de la impunidad con la que la practicaba. ¿Quién entre mis socios más abandonados no preferiría haber puesto en duda la evidencia más clara de sus sentidos antes que sospechar semejante comportamiento en el alegre, franco y generoso William Wilson, el más noble y liberal de los comunes en Oxford, aquel cuyas diversiones (decían sus parásitos) eran las de la juventud y la imaginación desbocada, cuyos errores no eran más que caprichos inimitables, cuyos oscuros vicios no más que extravagancia descuidada y temeraria?

Me había ocupado entonces con éxito durante dos años de esta forma, cuando llegó a la universidad un joven noble advenedizo, un tal Glendinning. Se rumoreaba que era tan rico como Herodes Ático; y que sus riquezas también fueron conseguidas fácilmente. Pronto lo encontré de un intelecto débil y, por supuesto, lo marqué como objeto de mis habilidades. Con frecuencia lo inducía al juego y conseguía, con el arte común del jugador, que ganara sumas considerables con el fin de atraparlo aun más en mis redes. Después de un tiempo, una vez mis planes estuvieron maduros, nos encontramos (con la intención de que este encuentro fuera el último y el decisivo) en los aposentos de un conocido en común (el señor Preston), igual de conocido para ambos, pero quien, para hacerle justicia, no tenía la más mínima noción de mis planes. Para más dramatismo, yo había logrado juntar un grupo de unos ocho o diez y fui cuidadoso en que la invitación al juego pareciera accidental y propuesta por nadie más que mi propia víctima. Para resumir un tema tan malvado, no omití ninguna de las bajas sutilezas tan comunes en situaciones similares que uno llega a preguntarse cómo todavía se encuentran personas tan ingenuas como para caer en ellas.

Nuestro juego se extendió adentrada la noche y al fin efectué la maniobra de quedar con Glendinning como mi único antagonista. El juego también era mi favorito, ¡el écarté! El resto de los compañeros, interesados en el alcance del juego, habían abandonado sus propias cartas y se encontraban parados alrededor nuestro como espectadores. El advenedizo, quien había sido inducido por mis artificios en la etapa temprana de la noche a beber sin mesura, ahora mezclaba, repartía o jugaba con un nerviosismo salvaje del cual yo pensaba que su intoxicación no podía ser la única culpable. En un periodo demasiado breve contrajo una gran deuda conmigo cuando, sorbiendo un largo trago de oporto, hizo precisamente lo que había estado anticipando; propuso duplicar nuestras ya extravagantes apuestas. Con una demostración de duda bien fingida y no sin antes repetir mi negativa, lo que lo airó hasta el punto de proferir unas palabras de enojo que dieron una nota de resentimiento a mi respuesta, finalmente acepté. El resultado, por supuesto, probó cuan enredada estaba la víctima en mis planes: en menos de una hora había cuadruplicado su deuda. Por un tiempo su semblante fue perdiendo el matiz floral que le había prestado el vino; pero ahora, para mi sorpresa, percibí que se había tornado de un pálido preocupante. Digo para mi sorpresa ya que ante mis averiguaciones Glendenning se me presentó como un sujeto con riquezas inconmensurables; y las sumas que había perdido hasta ahora, aunque considerables, no podían molestarlo tan seriamente, suponía yo; mucho menos afectarlo de forma tan violenta. Que el vino que había terminado de tragar había hecho su efecto fue la primera idea que se me presentó; y, con más intención de la preservación de mi imagen ante los ojos de mis asociados que por un motivo más desinteresado, estaba por insistir perentoriamente en que se suspendiera la partida, cuando algunas frases que oí a mi alrededor y una exclamación desesperada por parte de Glendinning me dieron a entender que lo había arruinado por completo bajo circunstancias en que, al convertirlo en objeto de la piedad de todos, lo deberían haber protegido incluso de las maldades de un demonio.

Cual debía de ser mi conducta ahora es difícil de decir. La condición lamentable de mi víctima había creado una atmósfera penosa sobre todos; y, por unos momentos, se mantuvo un profundo silencio, durante el cual no pude evitar sentir temblar mis mejillas con las miradas de odio o reproche que me lanzaban los más abandonados del grupo. Reconozco incluso que un peso intolerable de ansiedad se elevó de mi pecho por un instante por la extraordinaria y repentina interrupción que se produjo. Las anchas y pesadas puertas corredizas del aposento se abrieron de repente por completo con un ímpetu vigoroso y apresurado que extinguió, como por arte de magia, cada vela de la habitación. Su luz, al morir, nos permitió percibir que entró un extraño, más o menos de mi altura y envuelto en una capa. La oscuridad, sin embargo, era ahora total; y solo podíamos sentirlo parado entre nosotros. Antes de que cualquiera de nosotros pudiera recuperarse del asombro extremo en el que nos sumió esta falta de cortesía, oímos la voz del intruso.

—Caballeros... —dijo en un susurro bajo, distintivo e inolvidable que me estremeció hasta el tuétano— caballeros, no me arrepiento de este comportamiento, ya que mediante este cumplo un deber. Ustedes están, sin ninguna duda, desinformados sobre el carácter real de la persona que le ganó esta noche, en un juego de écarté, una gran suma de dinero a lord Glendinning. Los someteré por lo tanto a un plan ágil y decisivo para que obtengan esta información tan importante. Busquen, a su gusto, en el interior de su manga izquierda y los varios paquetes pequeños que se pueden encontrar en los espaciosos bolsillos de su bordada bata matutina.

Mientras hablaba, su calma era tan profunda que uno podría haber oído un alfiler caer al suelo. Al terminar, se retiró de forma tan abrupta como había entrado. ¿Puedo... debería describir mis sensaciones? ¿Hace falta que diga que sentí todos los horrores del condenado? De seguro tuve poco tiempo para reflexionar. Varias manos me atraparon en un instante y se encendieron de nuevo las luces. Tras la búsqueda encontraron, en mi manga, todas las cartas esenciales del écarté y, en los bolsillos de mi bata, varios paquetes, facsímiles de los usados en nuestros juegos, con la excepción que los míos eran del tipo que se llama, en jerga técnica, *arrondees,* cuyas cartas más altas tienen las puntas levemente convexas y las cartas más bajas sus lados levemente convexos. En esta disposición, la víctima que corta, como de costumbre, a lo largo del mazo, descubrirá que cortó para su contricante una carta alta; mientras que el jugador, que corta a lo ancho, no cortará nada que sume puntos para el recuento del juego para su adversario.

Cualquier explosión de indignación ante este descubrimiento me habría afectado menos que el desdeño silencioso, o la compostura sarcástica con la que se lo recibió.

—Señor Wilson —dijo nuestro anfitrión, mientras se inclinaba para juntar de debajo de sus pies una capa extremadamente lujosa de pieles preciosas—, señor Wilson, esto le pertenece.

El clima era frío y, al abandonar mi habitación, me había puesto sobre la bata una capa, que me quité al llegar a la escena del juego.

—Asumo que es supererogatorio buscar aquí más evidencia de su habilidad —dijo con una mirada amarga a las mangas de la vestimenta—. De hecho, ya tenemos suficiente. Verá necesario, espero, abandonar Oxford, luego de retirarse de inmediato de mis aposentos.

Humillado hasta el polvo como me encontraba, es probable que hubiera interpretado este lenguaje mortificante como violencia personal inmediata, de no haber sido porque toda mi atención se encontraba en un hecho muy inquietante. La capa que había vestido era de una piel extraña y preciosa; cuán extraña y costosa no me aventuraré a mencionar. Su diseño era fruto de mi fantástica invención; ya que era fastidioso hasta un punto de presunción absurda en asuntos de esta frívola naturaleza. Fue entonces, cuando el señor Preston me acercó la capa que juntó del suelo y cerca ya de las puertas corredizas del establecimiento que —en un asombro que rozaba el terror— percibí que mi capa ya colgaba de mi brazo (donde sin saberlo la había puesto), y la que se me presentó era su contraparte exacta en cada detalle, hasta el más minucioso. El ser particular que me expuso de forma tan desastrosa, estaba envuelto, recordé, en una capa; y ningún miembro del grupo llevaba una a excepción de él y yo. Manteniendo algo de compostura mental, tomé la que me extendió Preston; la coloqué sobre la mía y abandoné el lugar con una mirada decidida y desafiante y, a la mañana siguiente, al despuntar el alba, me embarqué en un viaje apresurado desde Oxford al continente, sumido en una agonía perfecta de terror y vergüenza.

Fue en vano mi huida. Mi destino perverso me persiguió exultante y probó que el ejercicio de su misterioso dominio no había hecho más que comenzar. Apenas puse un pie en París cuando tuve evidencia reciente del detestable interés que tomó este Wilson en mis asuntos. Los años transcurrían y yo no sentía ningún alivio. ¡Villano! ¡En Roma, con cuán inoportuno pero espectral oficio se interpuso con mi ambición! ¡En Viena también... en Berlín... y en Moscú! ¿No tenía yo, en verdad, razón tan amarga para maldecirlo en mi corazón? Escapé al fin de su tiranía inescrutable, golpeado por el pánico como por una pestilencia; y hasta los confines de la tierra hui en vano.

Y una y otra vez, en secreta comunión con mi espíritu, me preguntaré «¿quién es?», «¿de dónde vino?», «¿cuáles son sus objetivos?». Pero no pude encontrar respuestas. Entonces busqué, escudriñé minucioso las formas, los métodos y los rasgos dominantes de su supervisión impertinente. Pero incluso en esto hubo poco en lo que basar una conjetura. Era notable, por supuesto, que en ninguna de las múltiples ocasiones en que se cruzó en mi camino lo hizo con otro objetivo que frustrar mis planes o alterar las acciones que, de ser llevadas a cabo, habrían resultado en una malicia amarga. ¡Pobre justificación es esta, en realidad, para una autoridad asumida de forma tan imperiosa! ¡Pobre indemnización para los derechos naturales de autodeterminación tan pertinaz, negados con ofensas!

También me vi forzado a advertir que mi verdugo, durante un largo periodo de tiempo (mientras con escrupulosa y milagrosa destreza mantenía su capricho de parecerse a mí), logró, en la ejecución de su interferencia variada en mis deseos, que no pudiera ver en ningún momento los rasgos de su cara. Sea Wilson lo que sea, esto era la más pura afectación o locura. ¿Podría ser que, por un instante, supuso que, en mi castigador de Eton, en el destructor de mi honor en Oxford, en aquel que arruinó mi ambición en Roma, mi venganza en París, mi amor apasionado en Nápoles, o lo que llamaba falsamente mi avaricia en Egipto; que, en este, mi archienemigo y genio malvado, ¿no podría reconocer al William Wilson de mis días escolares?, ¿mi tocayo, compañero y rival? ¿el odiado y detestado rival en la academia del doctor Bransby? ¡Imposible! Pero permítanme apresurarme y avanzar hasta la escena final de este drama.

Hasta entonces había sucumbido por completo a su dominio imperioso. El sentimiento de asombro profundo que me transmitía su elevado carácter, la sabiduría majestuosa, la omnipresencia y omnipotencia aparentes de Wilson, todo esto sumado a un sentimiento de terror que ciertos rasgos de su naturaleza y arrogancia me inspiraban, me transmitieron la idea de que me encontraba yo débil y desamparado, y sugerían una sumisión implícita, aunque amargamente resistida, a su aleatoria voluntad. Pero en los últimos días me había entregado por completo al vino; y su influencia sofocante sobre mi temperamento hereditario me volvieron cada vez más impaciente al control. Comencé a murmurar, a titubear, a resistir. ¿Y fue únicamente una fantasía la que me llevó a creer que, con el crecimiento de mi propia firmeza, la de mi verdugo disminuía en proporción? Sea como fuere, comencé a sentir la inspiración de una esperanza viva, que con el tiempo alimentó en mis pensamientos secretos una resolución firme y desesperada a no seguir esclavizado.

Fue en Roma, durante el Carnaval de 18..., que asistí a una mascarada en el palacio del duque napolitano Di Broglio. Me envolví más de lo usual en los excesos de la mesa de vinos; y ahora la atmósfera sofocante de las habitaciones hacinadas me irritó más de lo que pude soportar. La dificultad que tuve al abrirme paso a través del laberinto de personas también contribuyó, y no poco, en mi temperamento alterado; ya que buscaba ansioso (no diré con que motivo poco noble) a la joven, alegre y hermosa esposa del viejo y engatusado Di Broglio. Con una confianza poco escrupulosa me había comunicado ella el secreto del disfraz que usaría y ahora, tras vislumbrar su silueta, me apresuraba a llegar a su presencia. En ese momento sentí una ligera mano sobre mi hombro y aquel inolvidable, bajo y maldito *susurro* en mi oído.

En un arrebato absoluto de ira, me giré hacía aquel que me interrumpió y lo agarré con violencia del cuello. Vestía, como imaginaba, un disfraz bastante similar al mío; una capa española de terciopelo azul, ceñida a la cintura por un cinturón carmesí que enfundaba un estoque. Una máscara de seda negra cubría por completo su rostro.

—¡Canalla! —dije con una voz ronca de la rabia. Cada sílaba pronunciada era como combustible para mi furia—. ¡Canalla! ¡Impostor! ¡Maldito villano! ¡No podrás, no podrás llevarme hasta la muerte! ¡Sígueme, o te apuñalaré allí donde estás! —Y me apresuré a salir del salón de baile hacia una pequeña antecámara adyacente, arrastrándolo, sin resistencia, conmigo.

Al entrar, lo alejé de mí con un empujón furioso. Se tambaleó contra la pared, mientras yo cerraba la puerta con una maldición y le ordenaba desenvainar. Dudó por un instante; entonces, con un leve suspiro, desenvainó en silencio y adoptó una posición defensiva.

El duelo fue sin duda breve. Fui frenético con todo tipo de emoción salvaje y sentí en mi brazo la energía y el poder de una multitud. En pocos segundos lo forcé únicamente con el uso de la fuerza contra el revestimiento y, una vez se hubo rendido, clavé la espada con ferocidad bruta, repetidamente, en su pecho.

En ese instante una persona quiso abrir la puerta. Me apresuré para evitar la intrusión y regresé de inmediato a mi agonizante contrincante. ¿Pero qué palabras humanas pueden retratar el asombro, el horror que me poseyó al ver el espectáculo que tenía en frente? El breve momento en que desvié mis ojos fue suficiente para producir, aparentemente, un cambio material en la disposición de la parte superior o más lejana de la habitación. Un gran espejo, al menos eso me pareció que era en mi confusión, se hallaba ahora donde antes no pude percibirlo y, a medida que me acercaba horrorizado a él, mi propia imagen, pero con rasgos pálidos y empapada de sangre, avanzaba a mi encuentro con una marcha febril y tambaleante.

Eso parecía, he dicho; pero no lo era. Era mi antagonista, era Wilson, quien se hallaba ante mí en la agonía de su disolución. Su máscara y su capa estaban donde las había tirado, en el suelo. No había un hilo de su vestimenta, ni un solo rasgo entre todos los de su rostro que no fuera, incluso en el más mínimo detalle, el mío.

Era Wilson; pero no hablaba ya en susurros, y podía jurar que era yo mismo quien hablaba cuando dijo:

—Has vencido, me rindo. Aun así, también tu estás muerto... muerto para el mundo, para el cielo y para la esperanza. En mí existías tú... y, en mi muerte, ve en esta, que es tu propia imagen, cómo te asesinaste a ti mismo.

EL ESCARABAJO DE ORO

¡Hola, hola! ¡Este sujeto sí que baila como loco!
Ha sido mordido por la tarántula.
—Todos aquellos que están equivocados.

Varios años atrás entablé una amistad íntima con un tal señor William Legrand. Provenía de una antigua familia hugonote y supo alguna vez ser rico; pero una serie de infortunios le llevaron a la pobreza. Para evitar la mortificación, consecuencia de sus desastres, se marchó de Nueva Orleans, la ciudad de sus antepasados, y se mudó a la isla de Sullivan, cerca de Charleston, en Carolina del Sur.

Esta es una isla muy particular. Está formada por poco más que la arena del mar y tiene una extensión de unos cinco kilómetros de largo. No excede los cuatrocientos metros de ancho en ningún punto. Está separada del área continental por un arroyo apenas visible, que serpentea a través de cañas y limo, lugar frecuentado por patos silvestres. La vegetación, como es de suponer, es escasa y la que se puede encontrar, muy baja. No se hallan árboles de ningún tamaño. Es verdad que cerca de la punta occidental, donde se alzan el Fuerte Moultrie y algunas casuchas, ocupadas durante los veranos por quienes huyen de la fiebre y el polvo de Charleston, se puede encontrar la palmera erizada; pero toda la isla, con la excepción de esta punta occidental y una playa de arena blanca y dura, está cubierta por espesos mirtos dulces, tan preciados por los horticultores ingleses. El arbusto a menudo llega aquí hasta cinco o seis metros de altura y forma una impenetrable espesura que impregna el aire con su fragancia.

En las entrañas de esta espesura, no lejos de la punta más oriental y remota de la isla, Legrand se había construido una pequeña cabaña, que habitaba cuando por primera vez, y por mera casualidad, le conocí. Rápidamente nos volvimos amigos, ya que había mucho del ermitaño que generaba interés y estima. Lo hallé bien educado e inusualmente inteligente, pero infectado por la misantropía y sujeto a perversos cambios de ánimo, entre el entusiasmo y la melancolía. Tenía consigo muchos libros, aunque poco uso les daba. Su principal entretenimiento consistía en la caza y la pesca, o pasear por la playa y entre los mirtos en busca de conchas o especímenes entomológicos; su colección de estos últimos bien podría haber sido envidiada por un Swammerdamm. En estas excursiones, por lo general le acompañaba un negro llamado Júpiter, que había sido manumitido antes de los reveses de la familia, pero al que no se le podía convencer, ni por amenazas ni promesas, de abandonar lo que este consideraba su derecho a acompañar los pasos de su joven amo Will. No es improbable que los parientes de Legrand, al concebirlo como algo enturbiado en su intelecto, le hayan inculcado esta obstinación a Júpiter, para que este vigile y acompañe al peregrino.

Los inviernos en la latitud de la isla de Sullivan son rara vez cruentos y para fin de año es inusual que se considere necesario encender un fuego. Sin embargo, a mediados de octubre de 18..., hubo un día de frío notable. Justo antes de la puesta del sol me abrí paso entre la frondosidad hacia la cabaña de mi amigo, a quien no visitaba hace ya varias semanas, dado que vivía yo por ese entonces en Charleston, a unos catorce kilómetros de la isla, y para esa época no era tan fácil entrar y salir de la isla como hoy en día. Al llegar a la cabaña llamé, como de costumbre, y al no recibir respuesta, busqué la llave donde sabía que estaba escondida, abrí la puerta y entré. Un buen fuego llameaba en el hogar. Era una sorpresa, y una bastante agradable. Me quité el sobretodo, me acomodé en una silla cerca de la leña chispeante y esperé pacientemente a que vinieran mis anfitriones.

Llegaron poco después de que oscureciera y me dieron la más cordial bienvenida. Júpiter, con una sonrisa de oreja a oreja, se apresuró a preparar unos patos silvestres para cenar. Legrand atravesaba uno de sus episodios —¿cómo más denominarlos?— de entusiasmo. Había hallado un bivalvo desconocido de un nuevo género y no solo eso, sino que había cazado y atrapado, con la ayuda de Júpiter, un escarabajo que según creía, era totalmente nuevo, aunque esperaba tener mi opinión sobre él por la mañana.

—¿Y por qué no esta noche? —pregunté, mientras frotaba mis manos sobre la llama, deseando mandar al diablo a toda la tribu de escarabajos.

—Ah, ¡de haber sabido que estaba aquí! —respondió Legrand—. Pero hace tanto que no lo veía y ¿cómo podía prever que me visitaría justo esta noche, de entre todas? Mientras volvía a casa me encontré con el teniente G..., del fuerte, e ingenuamente le presté el insecto; por lo que será imposible que usted lo vea hasta mañana. Quédese esta noche y mandaré a Jup a buscarlo al amanecer. ¡Es lo más hermoso de la creación!

—¿Qué cosa? ¿El amanecer?

—¡Claro que no! El insecto. Es de un dorado brillante, del tamaño de una nuez pecan grande, con dos manchas de color negro intenso, una cerca de una extremidad trasera y la otra, un poco más grande, en la otra. Las antenas son...

—No hay estaño en él, amo Will, se lo repito —interrumpió Júpiter—, el insecto es de oro macizo, cada parte suya, adentro también, excepto su ala. Nunca sostuve un insecto tan pesado en mi vida.

—Bueno, Jup, supongamos que es así —respondió Legrand; de forma más sincera, me pareció, que lo que ameritaba la situación—. ¿Es eso razón para dejar que se quemen las aves? El color —dijo, dirigiéndose hacia mí— es casi suficiente para justificar la idea de Júpiter. Nunca habrá visto un reflejo metálico tan brillante como el que emiten sus escamas, pero no podrá juzgar esto hasta mañana. Por ahora puedo darle una idea de su forma. — Mientras decía esto se sentó en una mesita en la que había tinta y una pluma, pero no papel. Buscó en un cajón, pero no encontró.

—No importa —dijo finalmente—, con esto bastará. Sacó entonces del bolsillo de su chaleco un trozo de lo que me pareció un papel bastante sucio, en el que dibujó un bosquejo con la pluma. Mientras tanto, me mantuve sentado junto al fuego, ya que aún tenía frío. Al terminar su diseño, me lo entregó sin levantarse. Cuando lo recibí se oyó un fuerte gruñido, seguido de arañazos en la puerta. Júpiter abrió y un gran terranova, que pertenecía a Legrand, se abalanzó y trepando a mis hombros me llenó de caricias; pues le había prestado mucha atención durante mis visitas anteriores. Una vez hubo terminado de juguetear miré el papel y, a decir verdad, me hallé perplejo ante lo retratado por mi amigo.

—¡Bien! —dije luego de observarlo por unos minutos—, este sí que es un escarabajo extraño, debo confesar que es nuevo para mí y nunca antes vi algo igual, salvo algún cráneo o una calavera, a lo que, por cierto, se parece más de entre las cosas que alguna vez haya visto.

—¡Una calavera! —repitió Legrand—. Bueno, sí, sin duda se asemeja un poco en el papel. Las dos manchas superiores parecen ojos, ¿no? Y la más larga, abajo, parece una boca, y su forma es ovalada.

—Tal vez —dije—, pero Legrand, me temo que no es usted artista. Debo esperar hasta ver el escarabajo por mí mismo si es que quiero formarme una idea de su apariencia.

—Bueno, no lo sé —dijo él, un poco molesto—, mi dibujo es decente, *debería* serlo al menos, he tenido buenos maestros y me jacto de no ser un inútil.

—Pero entonces, querido compañero, ha de estar bromeando —dije—, este es un *cráneo* bastante decente, podría hasta decir *excelente*, según las vulgares nociones sobre tales ejemplares de fisiología; su escarabajo debe ser el más extraño del mundo si se asemeja a uno de estos. Podríamos hasta inventar una suerte de superstición acerca de esto. Imagino que lo nombrará *scarabous caput hominis* o algo por el estilo, ya existen varios nombres similares en las historias naturales. Pero ¿qué hay de las antenas que mencionaba?

—¡Las antenas! —dijo Legrand, que parecía exacerbarse cada vez más con el tema—. Seguro que puede usted ver las antenas. Las hice tan distintivas como son en el insecto original, asumo que eso bastará.

—Bien, bien —dije—. Tal vez lo hizo, pero aun así no las veo. —Y le entregué el papel sin más comentario, deseando no turbar su humor; pero estaba muy sorprendido por el giro que tomó la cuestión. Su mal humor me intrigaba y en cuanto al dibujo del escarabajo, estaba seguro de que *no* tenía antenas y que se *asemejaba* bastante a la imagen de una calavera.

Recibió el papel de mala gana y estaba a punto de arrugarlo y, por lo visto, lanzarlo al fuego cuando una mirada casual al bosquejo pareció captar su atención de repente. De un momento a otro su rostro pasó de un rojo furioso a un blanco pálido. Durante unos minutos permaneció analizando el dibujo en su asiento de forma minuciosa. Un poco después se levantó, tomó una vela de la mesa y procedió a sentarse sobre un baúl ubicado en la otra esquina de la habitación. Allí volvió a examinar ansioso el papel, girándolo en todas direcciones. No obstante, no dijo nada, y su conducta me tomó por sorpresa; aunque creí prudente no exacerbar su creciente cambio de humor con ningún comentario. Entonces tomó una cartera del bolsillo de su abrigo, guardó el papel en ella con cuidado y la depositó en un escritorio, bajo llave. Su comportamiento comenzó a recomponerse, aunque el entusiasmo que transmitía hace pocos minutos había casi desaparecido. Parecía ahora, sin embargo, no tan malhumorado como abstraído. A medida que transcurría la noche un ensueño, del que no pude sacarlo con ningún tipo de ocurrencia, lo envolvía cada vez más y más. Yo pretendía pasar la noche en la cabaña, como había hecho tantas veces antes; pero, al ver a mi anfitrión de este humor, decidí que era mejor marcharme. No insistió en que me quede; aunque, al partir, me estrechó la mano de manera más cordial que de costumbre.

Fue más o menos un mes después (durante el cual no volví a ver a Legrand) que recibí una visita, en Charleston, de su criado Júpiter. Nunca había visto al negro tan desanimado y temí que mi amigo atravesara un serio desastre.

—Y bien, Jup —dije—, ¿qué pasó ahora? ¿Cómo está tu amo?

—Bueno, la verdad, señor, no se encuentra tan bien como podría.

—¡No tan bien! De verdad me apena oír eso. ¿Qué lo aqueja?

—¡Nada! ¡Justo ese es el problema! Nunca se queja, pero sí que está muy enfermo.

—*¡Muy* enfermo, Júpiter! ¿Por qué no comenzaste por ahí? ¿Se encuentra en cama?

—¡No, eso sí que no! No se encuentra por ninguna parte, esa es la piedra en mi zapato, mi mente está muy preocupada por el amo Will.

—Júpiter, quisiera entender de qué estás hablando. Me dices que tu amo está enfermo. ¿No te ha dicho qué tiene?

—Bueno, señor, parece que no vale la pena preocuparse por eso, el amo Will dice que no hay ningún problema. Pero entonces, ¿por qué se la pasa de aquí para allá con la cabeza baja y se esfuerza, a pesar de estar tan pálido como un fantasma? Y además se la pasa en la bizarra...

—Júpiter, ¿en la qué?

—Se la pasa dibujando símbolos en la bizarra, los más extraños que jamás he visto. Comienzo a asustarme. Le digo, he tenido que vigilar cada uno de sus movimientos. El otro día se escapó antes de que saliera el sol y no volvió en todo el bendito día. Yo tenía un gran palo preparado con el objetivo de darle una buena paliza cuando volviera, pero soy tan tonto que al final no tuve el coraje, se lo veía muy mal.

—¿Eh...? ¿Cómo...? ¡Ah, sí! Me parece que lo mejor es que no seas muy duro con el pobre. No lo golpees, Júpiter, no creo que lo aguante. Pero ¿tienes alguna idea de qué ha ocasionado esta enfermedad o este cambio de conducta que presenta? ¿Ha ocurrido algo desagradable desde que los visité?

—No señor, no sucedió nada desagradable *desde* entonces, me temo que fue *antes*, el mismo día que estuvo allí.

—¿Cómo? ¿A qué te refieres?

—Señor, me refiero al bicho, claro está.

—¿El qué?

—El bicho, estoy casi seguro de que el bicho dorado picó al amo Will en alguna parte de su cabeza.

—¿Y qué te lleva a suponer tal cosa, Júpiter?

—Sus garras, y su buena boca para morder. Nunca vi un insecto tan desquiciado... golpea y muerde todo lo que se le acerca. El amo Will le había atrapado, pero tuvo que largarlo casi de inmediato, se lo digo, y debe haber sido entonces que le mordió. No me gustó como se veía la boca del bicho, para nada, así que no quise sostener con el dedo, pero lo agarré con un trozo de papel que encontré. Lo envolví y puse un pedazo del mismo en su boca, así lo hice.

—¿Entonces crees que realmente tu amo fue mordido por el escarabajo y que esa mordida causó su enfermedad?

—No lo creo, lo sé. ¿Por qué soñaría tanto con el oro si no por causa de la mordida del bicho de oro? Ya había oído de estos bichos de oro antes.

—Pero ¿cómo sabes que sueña con oro?

—¿Cómo? Le he oído hablar entre sueños, así es como.

—Bueno, Júpiter, tal vez tengas razón, pero ¿a qué debo el honor de tu visita el día de hoy?

—¿Qué sucede, señor?

—¿Traes algún mensaje del señor Legrand?

—No señor, le traigo este pedazo de papel. —Y entonces Júpiter me entregó una nota que decía lo siguiente:

> Querido amigo, ¿por qué llevo tanto tiempo sin verlo? Espero que no sea tan necio de haberse ofendido por alguna de mis brusquedades; aunque lo creo improbable. Desde que lo vi tengo razones para sentir una gran ansiedad. Debo decirle algo, aunque apenas sé cómo hacerlo, o siquiera si debería hacerlo.

Hace algunos días que no me encuentro del todo bien, y el pobre Júpiter me molesta, casi más de lo que puedo soportar, con su atención bienintencionada. ¿Puede creerlo? El otro día tenía preparado un gran palo con el que castigarme por haberme escapado y pasado el día en solitario en las colinas del continente. De verdad creo que lo único que me salvó de la paliza fue mi mal semblante.

No he añadido nada a mi colección desde que nos vimos.

Si puede de alguna forma, y no es inconveniente, venga con Júpiter. *Venga*. Deseo verlo *esta* noche, acerca de un asunto de mayor importancia. Le aseguro que es *muy* importante.

Atentamente,

WILLIAM LEGRAND.

Había algo en el tono de esta nota que me incomodó en gran manera. El estilo era completamente diferente al de Legrand. ¿Con qué podía soñar? ¿Qué nueva maquinación ocupaba su mente agitada? ¿Qué «asunto de mayor importancia» necesitaría resolver? El relato de Júpiter no auspiciaba buenas nuevas. Me preocupé de que la presión continua del infortunio hubiera, al final, turbado por completo la razón de mi amigo. Por lo tanto, sin dudarlo un momento, me preparé para acompañar al negro.

Al llegar al muelle noté que había una guadaña y tres palas de punta que parecían nuevas en el suelo del bote en el que embarcaríamos.

—¿Qué es todo esto, Jup? —indagué.

—Su guadaña, señor, y sus palas.

—Claro está, pero ¿qué hacen aquí?

—Son la guadaña y las palas que me pidió el amo Will que compré en el pueblo, tuve que pagarlas con el dinero del mismísimo diablo.

—Pero, en nombre de todo lo que es misterioso, ¿para qué quiere tu amo Will guadañas y palas?

—Eso ya es más de lo que sé, que me lleve el diablo si no creo que también es más de lo que él mismo sabe. Pero es todo culpa del bicho.

Al no encontrar satisfacción en la información que me daba

Júpiter, cuyo intelecto completo parecía estar absorto en «el bicho», procedí a subirme al bote y navegar. Gracias a la buena y firme brisa llegamos pronto a la pequeña ensenada al norte del Fuerte Moultrie y, tras caminar unos tres kilómetros, llegamos a la cabaña. Eran eso de las tres de la tarde cuando llegamos. Legrand nos esperaba con ansias. Estrechó mi mano con aprensión nerviosa, lo que me alarmó y avivó mis ya encendidas sospechas. Estaba aún más pálido que un fantasma y su mirada clavada y hundida me observaba con un brillo sobrenatural. Después de indagar un poco sobre su salud, le pregunté, ya que creía que era lo mejor, si el teniente G... le había devuelto el escarabajo.

—Oh, sí —me respondió, mientras se tornaba violento—, me lo devolvió la mañana siguiente. Nada debería tentarme a separarme de ese escarabajo. ¿Sabía que Júpiter tenía bastante razón sobre él?

—¿En qué sentido? —pregunté, con una corazonada triste.

—Al suponer que está hecho de oro real. —Me dijo esto con un profundo aire de seriedad, lo que me impactó en sobremanera.

—Este bicho moldeará mi fortuna —continuó, con una sonrisa triunfante—, me devolverá mis riquezas familiares. ¿Es entonces una sorpresa que lo atesore? Ya que la Fortuna ha creído oportuno concedérmelo, solo debo darle un uso correcto y llegaré al oro del que este es solo la señal. Júpiter, ¡trae ese escarabajo!

—¿Qué? ¿El escarabajo, amo? Preferiría no molestar a ese bicho, deberá buscarlo usted mismo. —Entonces Legrand se levantó, con aire grave y señorial y me trajo el escarabajo, que estaba encerrado en un contenedor de cristal. Era un escarabajo hermoso y, al mismo tiempo, desconocido para los naturalistas; por lo que suponía un gran valor desde un punto de vista científico. Había dos manchas negras y redondas cerca de una de sus extremidades traseras y otra mancha más larga cerca de la otra. Sus escamas eran demasiado duras y brillantes, de verdad parecían hechas de oro bruñido. El peso del insecto era destacable y, con todo esto en cuenta, apenas podía culpar a Júpiter por su opinión al respecto; pero que Legrand concordara con esa opinión era algo que no podía llegar a comprender.

—Envié a buscarle... —me dijo, con un tono grandilocuente cuando terminé de examinar al escarabajo—. Envié a buscarle con la esperanza de gozar de su consejo y ayuda para cumplir con los dictámenes del Destino y del bicho...

—Querido Legrand —interrumpí con vehemencia—, veo que no se encuentra bien y debe tomar algunas precauciones. Debería acostarse, yo me quedaré con usted por algunos días, hasta que pueda superar este asunto. Está con fiebre y...

—Tómeme el pulso —me dijo.

Se lo tomé y, a decir verdad, no encontré el menor síntoma de fiebre.

—Pero puede estar enfermo y no tener fiebre. Permítame por esta vez prescribirle, en primer lugar, que se acueste y segundo...

—Se equivoca —interpuso—, me encuentro tan bien como se puede esperar de alguien tan emocionado como yo. Si de verdad me desea el bien, me ayudará a aliviar esta emoción.

—¿Y cómo he de hacerlo?

—Muy sencillo. Júpiter y yo iremos de expedición hacia las colinas del continente y en esta expedición necesitaremos de la ayuda de alguien de confianza. Usted es el único en quien podemos confiar. Ya sea que tengamos éxito o no, la emoción que ahora percibe en mí será aplacada de igual forma.

—Me encantaría servirle en cuanto sea posible —respondí—, pero ¿dice que este escarabajo infernal tiene algún tipo de conexión con su expedición en las colinas?

—La tiene.

—Entonces, Legrand, no puedo ser parte de tan absurdo proceder.

—Lo siento... siento tanto que entonces tengamos que intentarlo por nosotros mismos.

—¡Intentarlo ustedes mismos! ¡De verdad que está loco! ¡Quédese! ¿Por cuánto tiempo planea ausentarse?

—Lo más seguro es que toda la noche. Comenzaremos de inmediato y estaremos de vuelta, en cualesquiera de los casos, para el amanecer.

—¿Y me promete, por su honor, que cuando se le pase esta locura y el asunto del bicho (¡por Dios!) quede aclarado para su satisfacción, volverá a su casa y seguirá mi consejo al pie de la letra, como si fuera el de su médico?

—Sí, lo prometo; ahora partamos, no hay tiempo que perder.

Con pesadez en mi corazón acompañé a mi amigo. Partimos a eso de las cuatro en punto, Legrand, Júpiter, el perro y yo. Júpiter llevaba consigo la guadaña y las palas. Insistió en llevarlas él, me pareció, más por miedo de dejar cualesquiera de ellas al alcance de su amo que por mero placer o ganas de servir. Su comportamiento se había vuelto arisco en extremo y «ese maldito bicho» fueron las únicas palabras que escaparon de sus labios durante el viaje. Por mi parte, cargaba con un par de linternas de persiana, mientras que Legrand se contentaba con el escarabajo, que llevaba atado al extremo de una cuerda, girándolo de aquí para allá con aires de hechicero mientras caminaba. Al observar esto último, evidencia clara de la inestabilidad mental de mi amigo, apenas pude contener las lágrimas. Creí más oportuno, sin embargo, seguirle la corriente; al menos por ahora, o hasta que pudiera adoptar medidas más enérgicas con posibilidades de éxito. Mientras tanto me propuse, aunque en vano, cuestionarlo acerca del objetivo de la expedición. Al haberme inducido con éxito a acompañarlo, parecía reacio a hablar sobre cualquier tema de menor importancia y ante cualquiera de mis preguntas no ofrecía más respuesta que: «ya veremos».

Cruzamos en un esquife la ensenada en la punta de la isla y al trepar por los altos terrenos de la costa continental procedimos en dirección al norte, a través de un trecho de campiña muy silvestre y desolada, sin ningún rastro de huella humana a la vista. Legrand guiaba decidido el camino; haciendo una pausa solo por instantes, aquí y allá, para consultar de vez en cuando lo que parecían ciertos puntos que, para él, eran de referencia.

De esta forma continuamos el viaje por casi dos horas. El sol se ocultaba cuando entramos en una región infinitamente más lúgubre que cualquiera de las anteriores. Era una especie de meseta, cerca de la cima de una colina casi inaccesible, poblada por un denso bosque desde la base hasta el pináculo e intercalada con enormes peñones que emergían y yacían sobre la tierra; en muchos casos estos no caían hacia los valles inferiores únicamente a causa del soporte de los árboles contra los que se reclinaban. Los profundos desfiladeros que salían en todas direcciones brindaban un aire de solemnidad aún más terrorífica al paisaje.

La plataforma natural que habíamos escalado estaba sobrepoblada de densas zarzas, a través de las cuales descubrimos que sería imposible abrirnos paso sin la guadaña. Júpiter, por orden de su amo procedió a despejar un camino hacia la base de un enorme tulipanero que se erguía y sobrepasaba a los ocho o diez robles junto a los que compartía plataforma; incluso diría que sobrepasaba a todos los otros árboles que alguna vez hubiera visto, en la hermosura de su follaje y forma, en el ancho de sus ramas y en la majestuosidad general de su apariencia. Cuando llegamos a este árbol, Legrand se dirigió a Júpiter para preguntarle si creía posible treparlo. Este último pareció un poco asombrado por la pregunta y por unos momentos no respondió. Finalmente se acercó al enorme tronco, caminó lentamente alrededor y lo examinó con atención minuciosa. Una vez completado su escrutinio se limitó a decir:

—Sí, amo, Jup trepa cualquier árbol que vea en su vida.

—Entonces ponte a ello lo antes posible, ya que pronto habrá oscurecido demasiado para poder ver lo que hacemos.

—¿Hasta dónde debo subir, amo? —preguntó Júpiter.

—Sube al tronco primero y entonces te indicaré por donde ir ¡pero espera!, toma, lleva el escarabajo contigo.

—¡El bicho, amo Will! ¡El bicho dorado! —Se quejó el negro, mientras retrocedía disgustado—. ¿Por qué debo llevar el bicho arriba del árbol? ¡Maldita sea!

—Si un negro grande como tú, Jup, tiene miedo de cargar un inofensivo y pequeño escarabajo muerto, puedes llevarlo con esta cuerda, pero si no lo llevas contigo de alguna forma, me veré en la necesidad de partir tu cabeza con esta pala.

—¿Qué sucede, amo? —dijo Jup, por lo visto avergonzado y dispuesto a cumplir—, siempre toma de punto al viejo negro. De todas formas, solo era una broma. *¿Yo* miedo al bicho? ¿Qué me importa el bicho? —Entonces tomó con cuidado el extremo de la cuerda, mientras mantenía al insecto tan lejos como le era posible y se preparó a escalar el árbol.

Cuando es joven, el tulipanero, o *Liriodendron Tulipferum*, el árbol más magnífico de los bosques estadounidenses, presenta un tronco peculiarmente suave y a menudo emerge hasta una gran altura sin ramas laterales; pero, en sus años más maduros, la corteza forma nudos e imperfecciones y varias ramas pequeñas aparecen en su tallo. Por lo tanto, en este caso, la dificultad de escalarlo era menor de lo que aparentaba. Júpiter se aferró al gran cilindro tan fuerte como pudo con sus brazos y rodillas, alcanzando con las manos algunos brotes y apoyando sus pies descalzos uno sobre otro. Tras una o dos ocasiones donde casi cae al suelo llegó al fin hasta la primera ramificación y pareció considerar la empresa como virtualmente completa. El riesgo de conseguirlo había, ahora, acabado; aunque el escalador se encontraba a unos veinte metros del suelo.

—¿Hacia dónde debo ir ahora, amo Will? —preguntó.

—Mantente en la rama más grande, la de este lado —dijo Legrand. El negro le obedeció en el instante y aparentemente sin mayor problema. Continuó el ascenso cada vez más alto, hasta que no se podía ver su figura agachada a través del denso follaje que lo envolvía. De repente se oyó su voz distante.

—¿Cuánto más debo seguir?

—¿Qué tan alto te encuentras? —preguntó Legrand.

—Lo suficiente —replicó el negro—, puedo ver el cielo desde la cima del árbol.

—No importa el cielo, presta atención a lo que te digo. Mira hacia abajo del tronco y cuenta cuántas ramas hay de tu lado. ¿Cuántas ramas subiste?

—Una, dos, tres, cuatro, cinco... he subido por cinco ramas grandes de este lado, amo.

—Entonces sube una rama más.

Unos minutos más tarde se oyó la voz de nuevo, que anunciaba que él había alcanzado la séptima rama.

—Ahora, Jup —gritó Legrand, cuya emoción era evidente—, quiero que avances tanto como puedas por esa rama. Cualquier cosa extraña que veas, házmelo saber. —Para entonces toda duda que me atormentaba acerca de la condición mental de mi amigo se acalló. No tuve otra alternativa que aceptar que estaba atacado por la locura, por lo que mis ansias de llevarlo a su casa crecieron. Mientras pensaba en qué sería lo mejor que se podía hacer, se oyó otra vez la voz de Júpiter.

—Tengo miedo de avanzar más en esta rama, está casi completamente muerta.

—¿Dijiste que es una rama muerta, Júpiter? —gritó Legrand con voz temblorosa.

—Sí, amo, muerta como clavo oxidado, estoy seguro; ya dejó esta vida hace tiempo.

—Por todos los cielos, ¿qué debería hacer? —se preguntó Legrand, al parecer bajo un gran estrés.

—¡Eso! —dije, contento por la oportunidad de al fin poder hablar—. Debe volver a casa y acostarse. ¡Vayamos ahora! Eso es. Se hace tarde y, además, debe recordar su promesa.

—¡Júpiter! —gritó, sin prestarme atención—. ¿Puedes oírme?

—Sí, amo Will, le puedo oír bien.

—Prueba la madera con tu cuchillo y fíjate si está demasiado podrida.

—Está podrida, amo, eso seguro —respondió el negro momentos después—, pero podría estar más podrida. Puedo aventurarme un poco más yo solo, eso puede ser.

—¡Tú solo! ¿Qué quieres decir?

—Hablo del bicho. Es un bicho *muy* pesado. Suponga que lo dejo caer y así la rama no se romperá con el peso de solo un negro.

—¡Canalla infernal! —gritó Legrand, que parecía más animado—. ¿Qué quieres decir con semejante tontería? Ni bien sueltes ese escarabajo te romperé el cuello. ¡Mírame, Júpiter! ¿Me oyes?

—Sí, amo, no hace falta que le grite así al pobre negro.

—¡Bueno, ahora escucha! Si avanzas por la rama tanto como veas seguro y no sueltas al escarabajo, te regalaré un dólar de plata ni bien bajes.

—Ya voy, amo Will, desde luego —respondió rápidamente el negro—. Estoy en el borde ahora.

—*¡En el borde!* —gritó Legrand con fuerza—. ¿Me dices que estás en el final de esa rama?

—Cerca del final, amo, ¡o-o-o-o-h! ¡Dios mío! ¿Qué es esto que está en el árbol?

—¿Y bien? —gritó Legrand, bastante complacido—. ¿Qué es?

—Nada más ni nada menos que una calavera, alguien se dejó la cabeza aquí arriba y los cuervos ya se comieron toda su carne.

—¡Una calavera, dices! Muy bien, ¿de qué forma está asegurada a la rama? ¿qué la mantiene unida?

—Sí que está sostenida, amo, pero debo ver bien. Que curiosa circunstancia, lo juro. Hay un gran clavo en la calavera que la asegura a la rama.

—Bueno, Júpiter, haz exactamente lo que te pido, ¿me oyes?

—Sí, amo.

—Presta atención, busca el ojo izquierdo de la calavera.

—Hmm... ¡Oh! ¡Pero cómo! No hay ningún ojo izquierdo.

—¡Maldita sea tu estupidez! ¿Sabes diferenciar tu izquierda de tu derecha?

—Sí, eso sé, lo sé bien, es con mi mano izquierda que corto la madera.

—¡Muy bien! Eres zurdo y tu ojo izquierdo se encuentra del

mismo lado que tu mano izquierda. Ahora, supongo que puedes encontrar el ojo izquierdo de la calavera, o la cavidad en donde este se encontraba. ¿Lo encontraste?

Aquí hubo una larga pausa. Al final el negro preguntó:

—¿El ojo izquierdo de la calavera también está del mismo lado que la mano izquierda de la calavera? Porque la calavera no tiene ninguna mano... ¡No importa! Ya encontré el ojo izquierdo. ¡Aquí está el ojo izquierdo! ¿Qué hago con él?

—Deja caer el escarabajo por él, tanto como permita la cuerda, pero ten cuidado y no sueltes la cuerda.

—Listo, amo Will; tarea fácil pasar el bicho por el agujero. ¡Mírelo como baja!

Durante este coloquio no se podía ver nada de Júpiter; pero el bicho, que él se las arregló para hacer bajar, ya podía verse en la punta de la cuerda y relucía como un globo bañado en oro contra los últimos rayos del sol que se escondía, algunos de los cuales todavía iluminaban de forma leve la eminencia sobre la que estábamos parados. El escarabajo colgaba bastante libre, sin chocar con las ramas y, si hubiera caído, lo hubiera hecho a nuestros pies. Legrand tomó de inmediato la guadaña y despejó un espacio circular, de unos tres metros de diámetro, justo debajo del insecto y, al terminar esto, le ordenó a Júpiter que suelte la cuerda y baje del árbol.

Luego de clavar una estaca en el suelo con gran cuidado en el lugar preciso donde cayó el escarabajo mi amigo rescató de su bolsillo una cinta de medir. Ajustando una punta al tronco del árbol la desenrolló hasta que alcanzó la estaca y luego la desenrolló un poco más en la dirección ya establecida por las dos puntas, el árbol y la estaca, por una distancia de unos quince metros. Mientras tanto, Júpiter despejaba las zarzas con la guadaña. En el punto alcanzado mediante el proceso se clavó una segunda estaca y cerca de esta, a modo de centro, se describió un rudimentario círculo de más o menos un metro de diámetro. Entonces tomó Legrand una pala, le dio otra a Júpiter y otra a mí, y nos rogó que comenzáramos a cavar lo más pronto posible.

A decir verdad, en ningún momento tuve especial aprecio por tal tarea y, en ese momento en particular, me hubiera negado a ella; ya que la noche estaba al caer y ya me sentía bastante fatigado por el ejercicio que había realizado; pero no vi modo de escapar y temí turbar la serenidad de mi amigo al rechazarlo. Si hubiera contado, sin embargo, con la ayuda de Júpiter, no hubiera dudado en intentar llevar al lunático a su casa a la fuerza; pero conocía lo suficiente al viejo negro como para pensar en que me ayudaría a mí, bajo cualquier circunstancia, en una disputa contra su amo. No tuve duda de que este último había sido infectado con algunas de las innumerables supersticiones sureñas sobre dinero enterrado y que esta fantasía había sido confirmada por el descubrimiento del escarabajo, o tal vez, por la obstinación que tenía Júpiter en sostener que era «un bicho de oro real». Una mente con inclinaciones a la locura estaría pronta a ser guiada por tales insinuaciones, en especial si resonaban con ideas preconcebidas. Entonces recordé lo que dijo el pobre acerca del escarabajo, que era «el índice de su fortuna». En definitiva, me encontraba tristemente fastidiado e intrigado, pero, al final, decidí hacer de la necesidad una virtud y cavar con buena disposición, para así convencer antes al visionario, mediante demostración visual, de la falacia de sus opiniones.

Encendimos las linternas y nos volcamos al trabajo con un celo digno de una causa más racional que esta y, mientras el brillo caía sobre nosotros y nuestras herramientas, no pude evitar pensar en cuán pintoresco era el grupo que formábamos y cuán extraña y sospechosa parecería nuestra actividad a cualquier transeúnte que, por casualidad, se encontrara con nosotros.

Cavamos a paso seguro durante dos horas. Poco se habló y nuestra molestia principal eran los ladridos del perro, que mostraba un interés excesivo en nuestra labor. Se tornó al final tan escandaloso que temimos que diera la alarma a algún merodeador, o más bien esto temía Legrand, ya que yo me hubiera regocijado en cualquier interrupción que me permitiera llevar al loco a su casa. El ruido fue, tras un rato, silenciado por Júpiter quien, al salir del agujero con un marcado aire de enfado usó uno de sus tirantes para atar el hocico del animal a modo de bozal y volvió, entre risas, a su tarea.

Una vez terminado el tiempo mencionado, alcanzamos una profundidad de un metro y medio y todavía no había señal alguna de ningún tesoro. Siguió una pausa general y comencé a desear que la farsa estuviera cerca del final. Legrand, no obstante, aunque evidentemente desconcertado, se limpió la frente pensativo y volvió a la tarea. Habíamos cavado el circulo entero de un metro de diámetro y ahora agrandado un poco el límite, y nos hundimos medio metro más. Todavía no aparecía nada. El buscador de oro, a quien compadecía sinceramente, al fin halló su camino fuera del pozo con la más amarga desilusión marcada en cada rasgo suyo y procedió, lento y reacio, a ponerse el abrigo, que había tirado al comenzar su labor. Mientras tanto no acoté nada. Júpiter, a la señal de su amo, comenzó a juntar las herramientas. Con esto hecho y quitado el bozal del perro, emprendimos el camino a casa en profundo silencio.

Dimos, tal vez, doce pasos en esta dirección cuando, con un gran juramento, Legrand se lanzó sobre Júpiter y le agarró del cuello. El negro, sorprendido, abrió por completo los ojos y la boca, soltó las palas y cayó sobre sus rodillas.

—Canalla —dijo Legrand, soltando las sílabas entre sus dientes apretados—. ¡Negro villano e infernal! ¡Dime, ahora mismo, en este instante y sin vueltas! ¿Cuál? ¿Cuál es tu ojo izquierdo?

—Oh, santa madre, amo Will ¿no es por cierto este mi ojo izquierdo? —rugió Júpiter, aterrado, mientras ponía su mano sobre su órgano de visión derecho y la mantenía con desesperada pertinencia, como con miedo inmediato a la rabia de su amo.

—¡Eso pensaba! ¡Lo sabía, hurra! —vociferó Legrand, mientras soltaba al negro y ejecutaba una serie de saltos y volteretas para sorpresa de su valet, quien, al levantarse, miró mudo a su amo, luego a mí y luego a su amo de nuevo.

—¡Vamos! Debemos volver —dijo este último—, el juego no terminó. —Y tomó la batuta de nuevo para guiarnos hasta el tulipanero.

—Júpiter —dijo, al llegar al pie del árbol—. ¡Ven aquí! ¿La calavera estaba asegurada a la rama con la cara hacia afuera o hacia la rama?

—La cara daba hacia afuera, amo, para que los cuervos pudieran comer bien sus ojos, sin problema.

—Bien, entonces, ¿fue este ojo o este otro por el cual dejaste caer el escarabajo? —Y procedió a tocar los ojos de Júpiter.

—Fue este ojo, amo, el izquierdo, como me dijo —dijo el negro, señalando su ojo derecho.

—Eso bastará, tendremos que intentarlo de nuevo.

Entonces mi amigo —en cuya locura veía ahora, o imaginaba ver ciertos indicios de método— quitó la estaca que marcaba el punto donde cayó el escarabajo y la colocó en un punto a casi siete centímetros al oeste de su posición original. Tomó ahora la cinta de medir desde el punto más cercano del tronco hasta la estaca, como antes, y la extendió en línea recta hasta una distancia de unos quince metros, donde marcó un punto, separado por varios metros, del punto donde habíamos cavado.

Cerca del nuevo punto, se dibujó un círculo algo más grande que el anterior y volvimos a trabajar con las palas. Me encontraba terriblemente cansado, pero, sin entender del todo lo que ocasionó el cambio en mi forma de pensar, ya no sentía una gran aversión por la labor impuesta. Me encontraba ahora inexplicablemente interesado... no, incluso emocionado. Tal vez había algo, dentro del comportamiento extravagante de Legrand, un aire de previsión o deliberación que me impresionó. Cavé con emoción y me encontraba ahora en verdad buscando, casi con expectativas, el ansiado tesoro cuya visión había trastornado a mi infortunado compañero. Durante un periodo en el que dichas fantasías me tomaron casi por completo y al haber trabajado tal vez por una hora y media, nos encontramos otra vez interrumpidos por los violentos ladridos del perro. Su inquietud al comienzo había sido, evidentemente, resultado de la jovialidad o el capricho, pero había tomado ahora un tono serio y amargo. Al intentar Júpiter embozarlo otra vez se resistió con furia y, tras saltar al hoyo, comenzó a cavar frenético con sus garras. En pocos segundos había descubierto un montículo de huesos humanos que formaban dos esqueletos completos, entremezclados con varios botones de metal y lo que parecía ser el polvo de lana deteriorada. Uno o dos golpes de pala bastaron para chocar con la hoja de un gran cuchillo español y, tras cavar un poco más, se dejaron ver tres o cuatro piezas sueltas de oro y plata.

Al verlas, Júpiter apenas pudo contener su alegría, pero la forma en que su amo mantuvo la compostura denotaba un aire de gran decepción. Nos instó, sin embargo, a continuar nuestro esfuerzo y apenas hubo pronunciado las palabras que tropecé y caí de frente, debido a que la punta de mi bota se enganchó en un gran anillo de hierro que yacía enterrado a medias en la tierra suelta.

Trabajamos ahora con ardor, nunca había pasado diez minutos de emoción tan intensa. Durante este intervalo desenterramos en su mayor parte un largo cofre de madera que, intuí, dada su perfecta conservación e increíble dureza, había sido sujeta a algún proceso de mineralización, tal vez expuesta a bicloruro de mercurio. El cajón era de un metro de largo, unos noventa centímetros de ancho y setenta y cinco centímetros de profundidad. Estaba asegurado y fijado por bandas de hierro forjado, remachadas, que formaban una especie de enrejado alrededor. De cada lado del cofre, cerca de la parte superior, había tres anillos de hierro, seis en total, mediante los cuales se podía levantar con firmeza entre seis personas. Nuestros mayores esfuerzos unidos sirvieron solo para apenas mover al cofre al nivel del piso. Aceptamos entonces la imposibilidad de levantar tal peso. Por suerte, lo único que mantenía la tapa cerrada eran dos cerrojos deslizantes. Los quitamos, con temblor y jadeos de ansiedad. En un instante brillaba ante nosotros un tesoro de valor incalculable. Los rayos de las linternas que caían sobre el pozo se reflejaban de vuelta con brillo y resplandor desde una pila confusa de oro y joyas que encandilaron por completo nuestros ojos.

No pretenderé describir las emociones con las que lo observé. El asombro era, por supuesto, predominante. Legrand parecía cansado de la emoción y apenas hablaba. El semblante de Júpiter fue, por algunos minutos, tan mortífero y pálido como podía ser, por su naturaleza, el de un negro. Parecía estupefacto, como golpeado por un rayo. Entonces cayó en sus rodillas dentro del pozo y enterró sus brazos desnudos hasta el codo en el oro, y allí los mantuvo, como disfrutando del lujo de un baño. Finalmente, con un profundo suspiro, exclamó, como si de un soliloquio se tratara:

—¡Y todo esto vino del bicho dorado... el pobre escarabajo dorado que tanto insultaba y maldecía! ¿No te avergüenzas de ti mismo, negro? ¡Respóndeme!

Fue necesario, al fin, que despierte al amo y al valet a la necesidad de mover el tesoro. Se hacía tarde y nos convenía esforzarnos por guardar todo antes del amanecer. Era difícil decidir qué hacer y pasamos mucho tiempo deliberando, por lo que todas las ideas eran confusas. Nos decidimos, al fin, a vaciar dos tercios del contenido para alivianar el peso del cofre, una vez que pudimos, con algo de dificultad, levantarlo del hoyo. Los artículos que extrajimos fueron depositados entre las zarzas y el perro quedó a cargo de su protección, con órdenes estrictas de Júpiter de, bajo ningún pretexto, moverse del lugar ni abrir el hocico hasta nuestro retorno. Volvimos entonces apresurados a la casa con el cofre. Llegamos a salvo a la cabaña, aunque extenuados, a la una en punto de la mañana. Cansados como estábamos no hubiera sido natural que continuemos de inmediato. Descansamos hasta las dos y cenamos, para entonces encaminarnos con apremio hacia las colinas. Llevamos tres sacos robustos que, por suerte, encontramos en la cabaña. Poco antes de las cuatro llegamos al pozo, dividimos el remanente del botín de la forma más equitativa posible y, sin tapar los hoyos, emprendimos marcha nuevamente hacia la cabaña en la cual, por segunda vez, depositamos nuestra dorada carga justo cuando los primeros rayos de sol matutino comenzaban a brillar sobre las copas de los árboles en el este.

Ahora nos encontrábamos por demás machacados, pero el intenso frenesí del tiempo nos negaba el descanso. Tras unas tres o cuatro horas de sueño intranquilo nos levantamos, como si lo hubiéramos acordado, para examinar nuestro tesoro.

El cofre se encontraba lleno hasta el borde y pasamos el día entero y gran parte de la noche siguiente escudriñando su contenido. No había ningún tipo de orden o disposición. Todo estaba amontonado allí, sin deliberación. Habiendo ordenado todo con cuidado, nos encontramos con que poseíamos una riqueza aún mayor que la pensada en un principio. Había algo más de cuatrocientos cincuenta mil dólares en monedas, según el valor aproximado que estimamos de las piezas de acuerdo con las tablas de conversión de la época. No había ni una partícula de plata. Todo estaba hecho de oro antiguo y de gran variedad; dinero francés, español y alemán, con algunas guineas inglesas y otras monedas, cuyos especímenes no habíamos visto nunca antes. Había varias monedas muy grandes y pesadas, tan gastadas que no pudimos descifrar sus inscripciones. No había allí dinero estadounidense. El valor de las joyas nos fue más difícil de estimar. Había diamantes, algunos muy grandes y finos, ciento diez en total, y ninguno pequeño; dieciocho rubíes cuyo brillo cabía destacar, trescientas diez esmeraldas, todas preciosas; veintiún zafiros y un ópalo. Estas joyas habían sido despojadas de sus monturas y depositadas sueltas en el cofre. Las monturas, que separamos de entre el resto del oro, parecían haber sido golpeadas con martillo, como para evitar su identificación. Aparte de todo esto había una gran cantidad de ornamentos de oro macizo, casi doscientos anillos y aretes enormes; treinta cadenas, si mal no recuerdo; ochenta y tres crucifijos bastante grandes y pesados; cinco incensarios de oro de gran valor; una prodigiosa ponchera de oro, ornamentada con hojas de vid bien engastadas y figuras bacanales; con dos empuñaduras de espada exquisitamente repujadas y varios adornos pequeños más que no puedo recordar. El peso de estos artículos excedía los setenta kilos y en esta estimación no incluí los ciento noventa y siete espléndidos relojes de oro, tres de los cuales valían quinientos dólares cada uno. Muchos eran bastante antiguos y no tenían valor por su utilidad, ya que sus mecanismos habían sufrido algo de corrosión, pero todos estaban ricamente adornados y sus cajas tenían un gran valor. Estimamos todos los contenidos del cofre aquella noche en un millón y medio de dólares y, luego de disponer de los dijes y joyas (algunos de estos artículos guardamos para nuestro uso), encontramos que nuestra tasación del valor se había quedado bastante corta.

Cuando hubimos concluido al fin nuestra examinación y la emoción intensa del momento fue, en alguna medida, apaciguada, Legrand, quien vio que me moría de impaciencia por una solución a este tan extraordinario acertijo, entró en detalle acerca de las circunstancias relacionadas a él.

—Recordará —dijo—, la noche en la que le entregué un boceto del escarabajo. Y recordará también que me fastidié bastante cuando insistió en que el dibujo parecía una calavera. Al principio, cuando afirmó esto, pensé que se burlaba; pero luego recordé las manchas peculiares en la parte trasera del insecto y tuve que admitir que su comentario tenía cierta base de razón. Sin embargo, su ataque a mis dotes gráficas me irritó, ya que me considero buen artista y, por lo tanto, cuando me entregó el pedazo de pergamino estuve a punto de arrugarlo y lanzarlo al fuego con enojo.

—El pedazo de papel, quiere decir —corregí.

—No, tenía apariencia de papel y en un principio lo creí tal, pero cuando quise dibujar sobre él descubrí que no era ni más ni menos que un pedazo de pergamino muy fino. Estaba bastante sucio, si recuerda. Bien, mientras me encontraba en el acto de arrugarlo mi mirada cayó en el boceto que estuvo usted también mirando e imaginará mi sorpresa cuando percibí la imagen de una calavera justo donde, me pareció, había dibujado el escarabajo. Durante un momento estuve demasiado sorprendido para pensar con claridad. Sabía que mi diseño difería mucho, en cuanto al detalle, de este; aunque había cierta similitud en el esquema general. Tomé entonces una vela y me senté del otro lado de la habitación para comenzar a analizar el pergamino más de cerca. Al darlo vuelta vi mi propio bosquejo en el reverso, justo como lo dibujé. Mi primera impresión ahora fue de pura sorpresa debido a la notable similitud del bosquejo; ante la particular coincidencia del hecho, desconocido para mí, de que había una calavera del otro lado del pergamino, justo detrás de mi dibujo del escarabajo y que esta calavera, no solo en su forma, sino en su tamaño, se pareciera tanto a mi dibujo. Atribuyo el tiempo que pasé estupefacto por completo a la particularidad de esta coincidencia. Es el efecto usual que tales coincidencias tienen. La mente se esfuerza por establecer una conexión, una secuencia de causa y efecto y, al no poder hacerlo, sufre una especie de parálisis temporal. Pero, una vez me hube recuperado de este estupor, creció de forma gradual en mí una convicción que me sobresaltó aún más que la coincidencia. Comencé a recordar de forma clara y segura que no había ningún dibujo en el pergamino cuando yo dibujé el escarabajo. Estaba perfectamente seguro de esto, ya que recordaba buscar primero en un lado y después en el otro el lugar más limpio. Si la calavera hubiera estado allí no habría fallado en darme cuenta. He aquí un misterio que se me hacía imposible explicar. Pero, incluso desde entonces parecía brillar débil, en los más remotos y secretos compartimentos de mi intelecto, como una especie de luciérnaga, la concepción de la verdad que nuestra aventura de anoche demostró de forma magnífica. Me levanté entonces, guardé en un lugar seguro el pergamino y dejé toda otra reflexión para cuando estuviera solo.

»Cuando usted se hubo ido y Júpiter estuvo profundamente dormido, me sometí a una investigación más metódica del asunto. En primer lugar, consideré la forma en la que el pergamino llegó a mi posesión. El lugar donde encontramos el escarabajo estaba en la costa continental, más o menos a un kilómetro al este de la isla y poco más arriba que la marca de marea alta. Al cogerlo me dio una mordida punzante, por lo que lo solté. Júpiter, con su acostumbrado cuidado, antes de coger al insecto, que había volado hacia él, buscó una hoja o algo parecido para poder cogerlo con ella. Fue entonces que sus ojos, y los míos también, encontraron el pedazo de pergamino que supuse entonces que era papel. Yacía semienterrado en la arena, con una esquina a la vista. Cerca de donde lo encontramos vi el remanente del casco de lo que parecía haber sido un gran barco. Los restos del naufragio daban la impresión de haber estado allí por un buen tiempo, ya que costaba distinguir su semejanza con la del armazón de un bote.

»Entonces Júpiter levantó el pergamino, envolvió el escarabajo en él y me lo entregó. Poco después volvimos a casa y de camino nos encontramos con el teniente G... Le mostré el insecto y me rogó que le dejara llevarlo al fuerte. Dado mi consentimiento lo guardó en el bolsillo de su chaleco, sin el pergamino que lo envolvía, el cual mantuve en mi mano mientras él inspeccionaba el insecto. Tal vez temió que cambiase de opinión y creyó mejor asegurarse de una vez el premio, ya sabe lo entusiasta que es con todos los asuntos relacionados con la historia natural. Al mismo tiempo, sin ser consciente de ello, debo haber guardado el pergamino en mi propio bolsillo.

»Recordará que cuando fui a la mesa para dibujar el escarabajo no encontré papel donde lo solía guardar. Busqué en el cajón y no encontré. Busqué en mis bolsillos, con la esperanza de encontrar alguna carta vieja y mi mano cayó sobre el pergamino. Por eso le detallo de forma precisa la forma en que cayó en mi posesión, ya que las circunstancias me impresionaron de forma especial.

»No dudo que me creyó un soñador, pero yo ya había establecido una especie de conexión. Había unido dos eslabones de una gran cadena. Había un barco sobre la costa y, no lejos del barco, un pergamino, no un papel, con una calavera dibujada en él. Preguntará por supuesto: ¿Dónde está la conexión? Yo le responderé que la calavera es un emblema bien conocido de los piratas. La bandera de la calavera se iza en todos sus combates.

»Ya he dicho que el pedazo era de pergamino y no de papel. El pergamino es duradero, casi indestructible. Rara vez se consignan asuntos de poca importancia en pergamino, ya que para los propósitos ordinarios de dibujar o escribir no es tan apto como el papel. Esta reflexión me sugirió cierto significado, algo de relevancia con respecto a la calavera. No dejé de observar, también, la forma del pergamino. Aunque una de sus esquinas había sido, por algún accidente, destruida; se podía deducir que el original era más largo. Era el tipo de tira que podría haber sido elegida para un memorándum, para registrar algo que debía recordarse y preservarse con cuidado por un buen tiempo.

—Pero —interpuse—, dice que la calavera no estaba en el pergamino cuando usted dibujó el escarabajo. ¿Cómo puede trazar una conexión entre el barco y la calavera si esta última, según usted admitió, debió ser diseñada (solo Dios sabe cómo o por quién) en algún momento posterior a su dibujo del escarabajo?

—Ah, he aquí que el misterio toma un giro; aunque el secreto, para entonces, me fue en comparación menos difícil de resolver. Mis pasos eran seguros y me llevaban a un único resultado. Razoné entonces, por ejemplo, lo siguiente: cuando dibujé el escarabajo no había ninguna calavera visible en el pergamino. Al haber completado el dibujo se lo entregué a usted y le observé con atención hasta que lo devolvió. Usted, por lo tanto, no dibujó la calavera, ni había nadie más en la habitación que pudiera haberlo hecho. Entonces, no fue hecho por un agente humano. Y, sin embargo, sucedió.

»A esta altura de mi reflexión me aventuré a recordar y de hecho recordé, con completa claridad, cada incidente que ocurrió durante el periodo en cuestión. El clima era fresco (¡cuan extraño pero feliz accidente!) y un fuego ardía en la hoguera. Yo me había acalorado a causa del ejercicio y estaba sentado cerca de la mesa. Usted, sin embargo, había acercado una silla a la chimenea. Justo cuando le entregué en su mano el pergamino y mientras usted lo inspeccionaba, Wolf, el terranova, entró y saltó sobre sus hombros. Con la mano izquierda lo acarició y lo mantuvo alejado, mientras que la derecha, que sostenía el pergamino, se dejó caer indiferente entre sus rodillas, cerca del fuego. Por un momento pensé que la llama lo había alcanzado y le iba a advertir, pero, antes de que hablara usted lo retiró y se concentró en examinarlo. Habiendo considerado todas estas particularidades, no dudé ni un momento que el calor fue el agente que trajo a la luz, en el pergamino, la calavera que vi dibujada en él. Sabrá muy bien que existen y han existido por mucho tiempo preparados químicos que permiten escribir en papel o pergamino de tal forma que lo escrito se vuelva visible solo al ser sometido al fuego. El zafre, digerido en agua regia y disuelto con cuatro partes de agua, se utiliza a veces para formar una tinta verde. El régulo de cobalto, disuelto en ácido nítrico nos da un color rojo. Estos colores desaparecen por intervalos más o menos largos luego de que el material en que se escribe se enfría, pero vuelven a ser visibles al aplicarse calor nuevamente.

»Examiné entonces la calavera con cuidado. Sus bordes exteriores, los bordes del dibujo más cercanos al borde del pergamino, estaban bastante más diferenciados que el resto. Estaba claro que la acción del calor había sido imperfecta y dispar. Encendí de inmediato un fuego y sometí cada parte del pergamino al calor brillante. Al principio, el único efecto visible fueron las líneas anteriores, ahora más visibles, de la calavera; pero, tras continuar el experimento, se hizo visible, en la esquina opuesta en diagonal a donde estaba delineada la calavera, la figura de lo que supuse era una cabra. Tras examinar con más detalle, sin embargo, concluí en que era el dibujo de un cabrito.

—¡Ja, ja! —dije—. Sé que no tengo derecho a reírme de usted, un millón y medio en dinero es un asunto muy serio para tomarlo a broma, pero no podrá usted establecer un tercer enlace en su cadena; no encontrará ninguna conexión especial entre sus piratas y una cabra. Sabrá usted que los piratas nada tienen que ver con las cabras, estas pertenecen al ámbito ganadero.

—Pero acabo de decir que el dibujo no era el de una cabra.

—Bueno, el de un cabrito entonces, es casi lo mismo.

—Casi, pero no exactamente —respondió Legrand—. Tal vez haya oído sobre un tal Capitán Kidd[1]. Consideré entonces el dibujo del animal como una especie de juego de palabras o firma jeroglífica. Digo firma ya que su posición en el pergamino sugirió esta idea. La calavera en la esquina diagonal opuesta daba, de la misma forma, una idea de estampa o sello. Pero me desconcertaba con dolor la ausencia de todo el resto, del cuerpo de este instrumento que imaginaba o del texto de mi contexto.

—Asumo que esperaba encontrar una carta entre la estampa y la firma.

—Algo por el estilo. El asunto es que me hallé irresistiblemente atraído por el presentimiento de una buena fortuna inminente. Apenas puedo explicar el por qué. Tal vez, al final, era más un deseo que una verdadera creencia, pero ¿recuerda esas estúpidas palabras de Júpiter, sobre que el bicho era de oro macizo y que tanto afectaron mi humor? Y luego la seguidilla de accidentes y coincidencias, tan extraordinarias. ¿Se da cuenta del simple accidente que fue que estos eventos ocurran el único día del año

1 Cabrito en inglés es «kid».

que fue, o puede haber sido, lo suficientemente frío como para recurrir a un fuego? ¿Y que, sin el fuego, o sin la intervención del perro en el momento preciso en que apareció, nunca me hubiera percatado de la calavera y nunca habría poseído el tesoro?

—Pero proceda, me impaciento.

—Bueno, habrá oído, por supuesto, varias historias; los miles de rumores vagos que circulan acerca del dinero que fue enterrado en alguna parte de la costa atlántica por Kidd y sus asociados. Estos rumores deben haber tenido algún fundamento real. Que los rumores hayan existido durante tanto tiempo y de forma continua puede haber resultado, me pareció, solo del hecho de que el tesoro permaneciera aún enterrado. Si Kidd hubiese escondido su botín por un tiempo y después lo hubiera reclamado, los rumores apenas habrían llegado a nuestros oídos en su forma actual, sin variaciones. Verá que las historias que se cuentan son todas de cazadores y no de descubridores de tesoros. Si el pirata hubiese recuperado su dinero el asunto se habría terminado. Me parece que algún accidente, digamos la pérdida de un memorándum que indicaba su locación, le privó de los medios para recuperarlo. Me pareció también que este accidente se dio a conocer entre sus seguidores, quienes de no haber sucedido esto tal vez nunca hubieran sabido siquiera que el tesoro había sido enterrado y quienes, ocupándose en vano en intentos sin guía por recuperarlo, dieron pie a la universal historia de los rumores ahora tan comunes. ¿Oyó alguna vez de algún tesoro desenterrado en la costa?

—Nunca.

—Pero las posesiones de ese tal Kidd eran inmensas, es sabido. Di por sentado, entonces, que seguían guardadas bajo tierra y no le sorprenderá que le diga que sentí una esperanza que casi escalaba a una seguridad de que el pergamino que encontré en circunstancias tan extrañas incluía un registro perdido del lugar donde fue depositado.

—Pero ¿cómo procedió?

—Sostuve el pergamino nuevamente contra el fuego, ahora más caliente, pero no apareció nada. Creí entonces posible que la capa de tierra hubiera tenido algo que ver con la falla, por lo que limpié con cuidado el pergamino con agua tibia; lo llevé a una sartén, con la calavera hacia abajo; y coloqué la sartén sobre un horno encendido con carbón. Unos minutos más tarde la sartén se había calentado por completo y al quitar el trozo de pergamino lo encontré, para mi inexpresable alegría, manchado en varias partes con figuras ordenadas en líneas. De nuevo lo coloqué en la sartén y lo expuse durante el minuto que lo dejé allí. Al levantarlo se encontraba así, como lo puede ver ahora.

Entonces Legrand, tras recalentar el pergamino, me lo entregó para que lo inspeccionara. Los siguientes caracteres estaban trazados de forma rudimentaria, en tinta roja, entre la calavera y la cabra:

53‡‡†305))6*;4826)4‡.)4‡);806*;48†8¶60))85;1‡(;:‡*8†
83(88)5*†
;46(;88*96*?;8)*‡(;485);5*†2:*‡(;4956*2(5*—
4)8¶8*;4069285);)
6†8)4‡‡;1(‡9;48081;8:8‡1;48†85;4)485†528806*81(‡9;
48;(88;4(‡?34;48)4‡;161;:188;‡?;

—Pero —dije, mientras le devolvía la tira—, me encuentro tan confundido como antes. Si todas las joyas de Golconda me esperaran tras la solución de este enigma, estoy casi seguro de que no podría conseguirlas.

—Y, sin embargo —dijo Legrand—, la solución no es para nada tan difícil como puede imaginar tras una primera inspección de los caracteres. Estos caracteres, como uno puede adivinar, forman un código; es decir que tienen un significado. Pero entonces, según lo que se sabe sobre Kidd, no puedo suponer que este fue capaz de construir cualquiera de las más abstrusas criptografías. Imaginé, entonces, que esta era de una naturaleza más simple; aunque tal, sin embargo, pareciera imposible de resolver sin la clave para el intelecto del tosco marinero.

—¿Y de verdad halló la solución?

—Con presteza, he resuelto otras criptografías cuya dificultad era diez mil veces mayor. Las circunstancias, y cierto sesgo mental, me llevaron a interesarme por tales acertijos y bien podría cuestionarse si la ingenuidad humana puede construir un enigma tal que la ingenuidad humana, con la aplicación adecuada, no pueda resolver. De hecho, una vez que tuve establecidos los caracteres legibles y conectados apenas me preocupó la simple dificultad de desarrollar su significado.

»En este caso, y en todos los casos de escritura secreta, la primera pregunta debe ser acerca del lenguaje del código; debido a que los principios de la solución, en especial los de los códigos más sencillos, dependen y varían según el carácter del lenguaje en particular. Por lo general, no hay otra alternativa que experimentar (guiado por las probabilidades) con cada idioma conocido por quien busca la solución hasta que se consiga el correcto. Pero con el código ante nosotros toda dificultad quedaba extinguida debido a la firma. El juego de palabras que presentaba «Kidd» no se puede apreciar en otro idioma que el inglés. De no haber sido por esto hubiese yo comenzado mis intentos en español o francés, ya que estas son las lenguas en las que un secreto de este tipo hubiera sido escrito, más naturalmente, por un pirata de dominio español. Así como se presentaba, asumí que la criptografía estaba en inglés.

»Verá que no hay divisiones entre las palabras. Si las hubiera, la tarea habría sido más fácil en comparación. En tal caso podría haber comenzado con una colación y un análisis de las palabras más cortas y, en caso de haber una palabra de una sola letra, como es muy probable (las palabras en inglés «*a*» o «*I*», por ejemplo), podría considerar que la solución fuera segura. Pero, al no haber división, mi primer paso fue descubrir las letras predominantes y las menos frecuentes. Tras contar todas construí una tabla, que quedó de la siguiente forma:

»El signo	8	aparece	33 veces.
	;	"	26.
	4	"	19.
	‡)	"	16.
	*	"	13.
	5	"	12.
	6	"	11.
	† 1	"	8.
	0	"	6.
	9 2	"	5.
	: 3	"	4.
	?	"	3.
	¶	"	2.
	-.	"	1.

»Ahora bien, en inglés, la letra más frecuente es la «e». Después le siguen: «a o i d h n r s t u y c f g l m w b k p q x z». La «e» predomina tanto que una sola oración, no importa cuan larga sea, muy rara vez no la tiene como su letra predominante.

»Aquí, entonces, sentamos la base desde un principio para trabajar con algo más que una simple conjetura. El uso general que se le puede dar a la tabla es obvio, pero para este código en particular lo utilizaremos de ayuda solo de forma muy parcial. Ya que nuestro carácter predominante es el 8 empezaremos por asumirlo como la «e» del alfabeto natural. Para verificar esta suposición observemos si el 8 se encuentra a veces en pareja, ya que la «e», con gran frecuencia se usa doble en el inglés, en palabras como «*meet*», «*fleet*», «*speed*», «*seen*», «*been*», «*agree*», etc. En esta instancia la podemos encontrar doble no menos de cinco veces, a pesar de que el criptograma es corto.

»Asumamos entonces que el 8 es la «e». Ahora, de todas las palabras del idioma, «*the*» es la más común. Veamos, entonces, si hay conjuntos de tres caracteres no repetidos, en el mismo orden, en los cuales el 8 sea el último. Si descubrimos repeticiones de tales letras, en ese orden, lo más probable es que representen la palabra «*the*». Tras inspeccionar encontramos no menos de siete, cuyos caracteres son «;48». Podemos entonces asumir que «;» representa la «t», «4» representa la «h» y «8» representa la «e», este último ahora ya confirmado. Ya hemos dado un gran paso.

»Entonces, al descubrir una única palabra ahora podemos establecer un punto muy importante, varios comienzos y finales de otras palabras. Vayamos, por ejemplo, al anteúltimo caso en que se presenta la combinación «;48», no lejos del final del código. Sabemos que el «;» que le sigue es el comienzo de otra palabra y, que de los seis caracteres que siguen al «*the*», conocemos cinco. Apartemos estos caracteres, entonces, con las letras que sabemos que representan y dejemos un espacio para la desconocida.

t eeth.

»Esto nos permite, de una vez, descartar «th», que no forma parte de la palabra anterior que empieza con la letra «t», ya que, al experimentar con todas las letras del alfabeto en ese espacio libre, vemos que no se puede formar ninguna palabra que incluya «th» al final. Reducimos entonces a t ee,

y al explorar el alfabeto, como hicimos antes, llegamos a la palabra *tree* como única opción posible. Obtenemos entonces otra letra, la «r», representada por «(», con las palabras «*the tree*» yuxtapuestas.

»Si vemos un poco más delante de estas palabras podemos encontrar nuevamente la combinación «;48» y emplearla como terminación de lo que le precede. Encontramos entonces lo siguiente:

> *the tree* ;4(‡?34 *the,*

»o, sustituyendo por las letras comunes, donde ya sabemos, se lee:

> *the tree thr‡?3h the.*

»Ahora, si en lugar de los caracteres desconocidos dejamos espacios en blanco o puntos que los sustituyan podemos leer lo siguiente:

> *the tree thr...h the,*

»donde la palabra *through* se vuelve evidente. Este descubrimiento nos da tres letras nuevas «o», «u» y «g», representadas por «‡», «?» y «3».

»Busquemos ahora en el código, con detenimiento, combinaciones con los caracteres conocidos y podemos encontrar, no lejos del principio, la siguiente,

> «83(88» o «*egree*»,

que, evidentemente, es el final de la palabra «*degree*», lo que nos da otra letra, la «d», representada por «†».

»Cuatro letras más delante de «*degree*» nos encontramos con la combinación

> ;46(;88.

»Si traducimos los caracteres conocidos y representamos los desconocidos con puntos, como antes, podemos leer:

th.rtee,

»una disposición que inmediatamente nos sugiere la palabra *thirteen,* lo que de nuevo nos da dos caracteres, «i» y «n», representados por «6» y «*».

»Si vamos ahora al comienzo del criptograma podemos encontrar la combinación

53‡‡†.

»Si lo traducimos como antes obtenemos:

good,

»que nos asegura que la primera letra es una «a», y que las primeras dos palabras son «*A good*».

»Es ahora momento de ordenar nuestra clave, lo descubierto hasta ahora, en una tabla para evitar la confusión. La tabla queda de la siguiente forma:

5	representa	a
†	"	d
8	"	e
3	"	g
4	"	h
6	"	i
*	"	n
‡	"	o
(	"	r
;	"	t
?	"	u

»Tenemos entonces, once de las letras más importantes representadas y no será necesario proceder con los detalles de la solución. Ya he dicho suficiente para convencerlo de que los códigos de esta naturaleza son sencillos de resolver y le he dado cierta explicación del razonamiento de su desarrollo. Pero es seguro que el espécimen ante el que nos encontramos pertenece a la especie más simple de criptogramas. Resta ahora darle la traducción completa de los caracteres en el pergamino, ya resueltos. Es la siguiente:

A good glass in the bishop's hostel in the devil's seat forty-one degrees and thirteen minutes northeast and by north main branch seventh limb east side shoot from the left eye of the death's-head a bee line from the tree through the shot fifty feet out.[2]

—Pero —respondí—, el enigma sigue siendo tan complejo como siempre. ¿Cómo es posible extraer un significado de toda esta jerga sobre «asientos del diablo», «cabezas de muertos» y «hostales de obispos»?

—Reconozco —respondió Legrand— que el asunto todavía tiene un aire serio cuando se lo ve de forma casual. Mi primera tarea fue dividir la frase de la forma natural que pretendía el criptógrafo.

—Es decir, ¿puntuarla?

—Algo parecido.

—Pero ¿cómo es posible hacer esto?

—Llegué a la conclusión de que la intención de quien lo escribió era juntar las palabras sin división, para aumentar la dificultad de resolución. Pero, un hombre no superdotado, al perseguir esto, casi seguramente se excedería en tal tarea. Cuando, durante la composición, llegaba a una interrupción del tema que requería naturalmente una pausa o un punto, se excedía al juntar los caracteres aun más de lo acostumbrado. Si observa el manuscrito, en esta instancia, podrá detectar con facilidad cinco casos de agrupamiento inusual. Usando esta pista lo dividí de la siguiente manera: «Un cristal en el hostal del obispo en el asiento del diablo, cuarenta y un grados y trece minutos, noreste y al norte, la rama principal, séptima rama del lado este, lanzar desde el ojo izquierdo de la cabeza del muerto una línea desde el árbol, desde el lanzamiento, quince metros».

2 «Un cristal en la hostería del obispo en el asiento del diablo cuarenta y un grados y trece minutos al noreste y por el norte la rama principal la séptima rama del lado este lanzar desde el ojo izquierdo de la cabeza del muerto una línea desde el árbol desde el lanzamiento quince metros».

—Incluso con esta división sigo confundido —objeté.

—Yo también seguía confundido —respondió Legrand—, por unos días, durante los cuales busqué con diligencia en el vecindario de la Isla de Sullivan cualquier construcción que llevara el nombre «Hotel del Obispo», ya que, por supuesto, dejé de lado la palabra «hostal», ya obsoleta. Al no encontrar información sobre el tema estaba a punto de extender mi radio de búsqueda y proceder de forma más sistemática cuando una mañana, de repente, me vino a la cabeza que este «Hostal del Obispo» podía referirse a una antigua familia, de nombre Bessop[3] que, en otro tiempo, fue poseedora de una gran finca antigua, a unos seis kilómetros al norte de la isla. Fui entonces a la plantación y reanudé mi investigación con los negros más viejos del lugar. Al final una de las mujeres más ancianas me dijo que había oído de un lugar llamado «Castillo de Bessop» y creía que me podía llevar hasta allí, pero que no era un castillo ni una posada, sino una roca alta.

»Le ofrecí pagarle por las molestias y, tras algunas cortesías, aceptó acompañarme hasta el lugar. No fue muy difícil encontrarlo y una vez que la hube despedido procedí a explorar el lugar. El «castillo» consistía de un ensamblaje irregular de barrancos y rocas, una de las cuales destacaba bastante por su altura y su apariencia artificial y aislada. Trepé hasta su cima y me encontré entonces perdido en cuanto a cómo debía proceder.

»Mientras me ocupaba en reflexionar mi mirada cayó en un saliente estrecha en el lado este de la roca, tal vez un metro debajo de la cima, en donde estaba parado. Este saliente se proyectaba casi medio metro y no tenía más de treinta centímetros de ancho; un hueco en la barranca, justo encima, le daba una semejanza a una de las sillas de respaldo cóncavo que usaban nuestros ancestros. No tuve duda que esta era la «silla del diablo» a la que se refería el manuscrito y ahora parecía comprender todo el secreto del acertijo.

»El «cristal», entendí, no se refería a nada más que un telescopio, ya que la palabra «cristal» rara vez tiene otro uso para un marinero. Entonces comprendí que debía utilizar un telescopio, desde un punto de vista específico y sin variación. No dudé tampoco que las frases «cuarenta y un grados y trece minutos»

---

3 «Bishop», en inglés: «obispo».

y «noreste y al norte» eran las direcciones de nivelación del telescopio. Muy emocionado por el descubrimiento me apresuré por volver a casa, buscar un telescopio y volver a la roca.

»Bajé hasta el saliente y encontré que solo era posible mantenerse sentado en una posición específica. Esto confirmó mi idea. Procedí a usar el telescopio. Estaba claro que los «cuarenta y un grados y trece minutos» indicaban la elevación sobre el horizonte visible, ya que la dirección horizontal estaba indicada ya por las palabras «noreste y al norte». Esta última dirección pude establecer mediante una brújula de bolsillo y, apuntando el telescopio en los casi cuarenta y un grados que pude deducir a simple vista, lo moví con cuidado hacia arriba y hacia abajo hasta que captó mi atención una brecha o espacio en el follaje de un gran árbol que sobresalía de sus compañeros en la distancia. En el centro de esta brecha encontré un punto blanco, pero no pude, al comienzo, distinguir lo que era. Tras ajustar el enfoque del telescopio volví a mirar y vi que era una calavera humana.

»Este descubrimiento me llevó a considerar que el enigma ya estaba resuelto, puesto que la frase «rama principal, séptima rama, lado este» solo podía referirse a la posición de la calavera en el árbol; mientras que «lanzar desde el ojo izquierdo de la calavera», solo admitía, también, una interpretación en cuanto a la búsqueda del tesoro enterrado. Percibí que el designio era lanzar una bala desde el ojo izquierdo de la calavera y que la línea, que debía ser recta, se debía dibujar desde el punto más cercano del tronco hasta «el lanzamiento» (o el lugar donde cayera la bala) y extendida por una distancia de quince metros indicaría un punto definido, bajo el cual pensé que podía haber un depósito de valor enterrado.

—Todo esto —dije— está bien claro y aunque ingenioso, es todavía simple y explícito. Al dejar el hostal del obispo, ¿qué hizo?

—Bueno, tras registrar la ubicación del árbol me dirigí a mi casa. Sin embargo, en el instante en que abandoné el «asiento del diablo» la brecha circular desapareció y no pude encontrarla nuevamente por más que la buscara. Lo que me pareció lo más ingenioso de este asunto es el hecho (experimentarlo repetidamente me ha convencido de esto) de que la brecha circular en cuestión es solo visible desde el punto de vista del estrecho saliente de la roca.

»En esta expedición al «hostal del obispo» me acompañó Júpiter, quien, sin duda, observó durante unas semanas la abstracción de mi comportamiento y se ocupó con afán en no dejarme solo. Pero al día siguiente, habiéndome levantado temprano, procuré escaparme de él y me encaminé a las colinas en busca del árbol. Luego de un gran esfuerzo lo encontré. Al volver a casa a la noche mi ayudante pretendía darme una paliza. El resto de la aventura creo que ya la conoce tan bien como yo.

—Supongo —dije— que no encontró el lugar al primer intento de excavación debido a la estupidez de Júpiter de dejar caer el bicho por el ojo derecho de la calavera en lugar del izquierdo.

—Precisamente. Este error marcó una diferencia de casi seis centímetros en el «lanzamiento», es decir, en la posición de la estaca más cercana al árbol y, de haber estado el tesoro bajo el «lanzamiento» el error se hubiera solucionado en cuestión de pocos momentos; pero el «lanzamiento», junto con el punto más cercano al árbol, eran solo dos puntos que ayudaban a establecer una dirección. Por supuesto que el error, aunque trivial al principio, se incrementó a medida que procedíamos con la línea y para cuando nos movimos quince metros nos desorientó lo suficiente. De no haber estado tan seguro de que el tesoro yacía enterrado allí en alguna parte todo nuestro trabajo habría sido en vano.

—Pero su grandilocuencia, su actitud al balancear el escarabajo, ¡cuán extraño! Lo daba por loco. Y ¿por qué insistió en dejar caer el bicho por la calavera en lugar de una bala?

—Bueno, a decir verdad, me sentí algo molesto por su evidente suspicacia acerca de mi sano juicio y decidí castigarlo en secreto, a mi manera, con algo de mistificación sobria. Por esta razón balanceaba el escarabajo y por esta razón lo elegí para dejar caer desde el árbol. Su observación acerca de su gran peso me sugirió esta última idea.

—Sí, ahora lo noto. Solo resta un punto que aún me intriga. ¿Qué hay de los esqueletos que encontramos en el hoyo?

—Esa es una pregunta a la cual no tengo más respuesta que usted. Pareciera, sin embargo, que hay una sola explicación; aunque me duele creer en la atrocidad que mi sugerencia implica. Está claro que Kidd... si es que fue él quien escondió este tesoro, que no lo dudo... está claro que habrá necesitado ayuda en la labor. Pero al terminar habrá creído pertinente eliminar a quien haya participado de su secreto. Tal vez un par de golpes con una azada mientras sus ayudantes estaban ocupados en el pozo hayan bastado; tal vez fueron doce, ¿quién sabe?

¡Quédate allí! No dudes que nos encontraremos
en aquel valle vacío.
—(Exequia para la muerte de su esposa, por Henry
King, obispo de Chichester).

¡Hombre misterioso y desafortunado! ¡Desconcertado por el brillo de tu propia imaginación y caído en las llamas de tu propia juventud! ¡Nuevamente te admiro! ¡Una vez más tu forma se alza sobre mí! No; esta vez no como eres, en el valle frío de sombra, sino como *deberías ser,* derrochando una vida de magnífica meditación en aquella ciudad de tenues visiones, tu propia Venecia, Elíseo del mar amado por las estrellas, cuyas amplias ventanas de palacios palladianos miran desde arriba con un profundo y amargo significado y encuentran los secretos de sus aguas silenciosas. ¡Si! Lo repito: como *deberías ser.* De seguro habrá otros mundos que este, otros pensamientos que los de las multitudes, otras especulaciones que las del sofista. ¿Quién entonces cuestionará tu conducta? ¿Quién te culpará por tus horas visionarias o denunciará tus ocupaciones como derroche de la vida, cuando no eran más que el desborde de tus eternas energías?

Fue en Venecia, bajo el arco cubierto que allí llaman el *Ponte di Sospiri*, que me encontré por tercera o cuarta vez a la persona de quien hablo. Con confusión en mis recuerdos traigo a colación las circunstancias de aquella reunión. Aun así recuerdo la profunda medianoche —¡cómo podría olvidar!—, el Puente de los Suspiros, la belleza femenina y el aire romántico que fluía de arriba abajo por el estrecho canal.

Era una noche de oscuridad peculiar. El gran reloj de la *piazza* resonó en la quinta hora de la tarde italiana. La plaza del Campanile descansaba desierta y silenciosa y las luces del viejo Palacio Ducal se apagaban con rapidez. Volvía yo a casa desde la *piazzetta* por el Gran Canal. Pero al llegar mi góndola frente a la desembocadura del canal San Marco una voz femenina irrumpió desde sus profundidades en la noche con un grito salvaje, histérico y prolongado. Alarmado por el sonido me levanté de repente, mientras que el gondolero soltaba su único remo, perdiéndolo en la oscuridad total sin ninguna posibilidad de recuperarlo; fuimos entonces dejados a la suerte de la corriente, que nos llevaba desde el canal más grande hacia el más pequeño. Como un enorme cóndor de plumas negras descendíamos hacia el Puente de los Suspiros cuando miles de antorchas iluminaron desde las ventanas y las escaleras del Palacio Ducal, tornando de repente aquella profunda oscuridad en un día lívido y sobrenatural.

Un niño, deslizándose de los brazos de su propia madre, había caído desde una ventana de alta estructura hacia la profundidad del oscuro canal. Las calmas aguas se habían cerrado con tranquilidad sobre su víctima y, aunque mi propia góndola era la única a la vista, varios nadadores decididos, ya en la corriente, en vano buscaban en la superficie el tesoro que solo habría de encontrarse, lamentablemente, en la profundidad del abismo. Sobre las anchas y negras losas de piedra de la entrada del palacio y algunos escalones por encima del agua se alzaba una figura que nadie que haya visto entonces ha podido olvidar. Era la marquesa Afrodita, adorada por toda Venecia, la más bella de todas, la más hermosa allí en donde son todas hermosas; pero, sin embargo, joven esposa del viejo e intrigante Mentoni y madre de aquel bello niño, su primer y único hijo, quien ahora pensaba con amargura en su corazón, bajo el agua turbia, en las dulces caricias de su madre, agotando su frágil vida en la lucha por llamarla.

Estaba parada sola. Sus pequeños pies descalzos y plateados brillaban sobre el espejo de mármol negro que tenía debajo. Su cabello, no del todo suelto, ya que había estado antes preparado para el baile, agrupado en una lluvia de diamantes alrededor de su cabeza de belleza clásica, con rulos como los del joven Jacinto. La vestimenta de gasa blanca como la nieve parecía ser lo único que cubría su delicada figura; pero el aire veraniego de medianoche era cálido, pesado y tranquilo, y ningún movimiento de aquella forma semejante a una estatua siquiera movía los pliegues de aquellas vestiduras, ligeras como el vapor, que colgaban sobre ella como el mármol pesado cuelga sobre Níobe. Sin embargo, aunque parezca extraño, sus ojos grandes y brillantes no miraban hacia abajo, donde se hallaba enterrada su más brillante esperanza, sino que se fijaban en una dirección totalmente distinta. La prisión de la antigua república es, creo yo, el edificio más majestuoso de toda Venecia, pero ¿cómo podía la dama fijar tanto su mirada en ella cuando debajo suyo se asfixiaba su único hijo? Además, el nicho oscuro y lúgubre está precisamente frente a la ventana de su aposento, ¿qué *podía* haber entonces en sus sombras, en la arquitectura, en sus cornisas solemnes y cubiertas de enredaderas que la marquesa di Mentoni no hubiera visto antes ya miles de veces? ¡Tonterías! ¿Quién no recordaría, en un momento como este, que el ojo, cual espejo roto, multiplica la imagen del sufrimiento y encuentra en innumerables lugares lejanos la pena que está al alcance de su mano?

Varios escalones más arriba de donde se encontraba la marquesa, y dentro del arco del portal sobre el canal, estaba, vestido elegantemente, la figura del mismo Mentoni, similar a un sátiro. Se entretenía de vez en cuando en rasgar una guitarra y parecía *ennuyé* hasta la muerte, ya que a intervalos daba órdenes para la recuperación de su hijo. Estupefacto y horrorizado no fui capaz de moverme de la posición erguida que había adoptado al oír el grito por primera vez y debo de haber transmitido a los ojos del agitado grupo una apariencia espectral y ominosa, ya que con semblante pálido y las extremidades rígidas fue que flotaba yo entre ellos en aquella góndola fúnebre.

Todos los esfuerzos resultaron en vano. Varios de los más enérgicos en la búsqueda relajaban ya sus esfuerzos y se rendían a una pena sombría. Parecía haber poca esperanza para el niño —¡cuánta menos para la madre!—; pero ahora, desde el interior de aquel nicho oscuro que ya fue mencionado como parte de la prisión de la vieja república, alzado ante la celosía de la marquesa, una figura envuelta en una capa salió al alcance de la luz y, tras una pausa momentánea en el borde del vertiginoso descenso, se lanzó de cabeza al canal. Cuando un instante después se levantó con el niño en sus brazos, todavía vivo y respirando, sobre las losas de mármol junto a la marquesa, su capa, empapada y pesada por el agua, se soltó y, cayendo doblada a sus pies, permitió a los espectadores sorprendidos ver la figura agraciada de un hombre joven, cuyo nombre resonaba por ese entonces en la mayor parte de Europa.

No hubo palabra por parte del héroe. ¡Pero la marquesa! Ahora podrá recibir al niño, abrazarlo contra su corazón, aferrarse a su pequeña forma y llenarlo de caricias. Sin embargo, ¡ay, desgracia! ¡Los brazos de *alguien más* lo habían arrebatado, los brazos de *alguien más* se lo llevaron a un lugar lejano, desapercibidos, hasta el palacio! ¡Y la marquesa! Sus labios, sus hermosos labios tiemblan; sus ojos reúnen lágrimas, aquellos ojos que, como los acantos de Plinio, son «suaves y casi líquidos». ¡Sí! Aquellos ojos acumulan lágrimas. La mujer tiembla hasta el alma y la estatua cobra vida. La palidez del semblante de mármol, la hinchazón del pecho de mármol, la pureza de los pies de mármol, se ven de repente cubiertos por una ola carmesí incontrolable; y su delicada figura se estremece levemente, como el aire suave en Nápoles sobre los bellos lirios plateados entre el césped.

¿Por qué se *sonrojaría* la dama? Para esto no hay respuesta, a no ser que, en el trajín y horror del corazón de una madre, haya dejado la privacidad de su tocador sin poner en sus pequeños pies unas pantuflas y olvidado poner sobre sus hombros venecianos el velo correspondiente. ¿Qué otra razón podría haber para tal sonrojo?, ¿para la mirada de esos ojos salvajes y suplicantes?, ¿para el inusual tumulto de aquel pecho palpitante?, ¿para la presión convulsiva de aquella mano temblorosa? Esa mano que cayó accidentalmente sobre la mano del desconocido cuando Mentoni entró en el palacio. ¿Qué razón habría para el bajo —llamativamente bajo— tono de aquellas palabras sin sentido que la dama pronunció en un apuro al despedirlo? «Has vencido», dijo ella, si no me engañan los murmullos del agua; «has vencido, una hora después del amanecer, nos encontraremos, que así sea».

***

El tumulto se calmó, las luces se apagaron dentro del palacio y el extraño, a quien ahora yo reconocía, se hallaba solo ante las banderas. Temblaba con un nerviosismo inconcebible y su mirada buscaba por todos lados una góndola. No podía yo hacer menos que ofrecerle el servicio de la mía; y el aceptó la cortesía. Una vez que obtuve un remo en la puerta sobre el canal nos dirigimos a su residencia, mientras que él recuperaba rápidamente su compostura y mencionaba nuestro anterior —aunque escaso— trato en términos de aparente gran cordialidad.

Hay algunos temas que me complace abordar con minuciosidad. La persona del extraño —permítanme llamar así a quien todo el mundo consideraba todavía un extraño— es uno de esos temas. Su altura debe haber sido menor que la media: aunque había momentos de pasión intensa en los que su contextura se *expandía* y contradecía esta alegación. La ligera y casi esbelta simetría de su figura prometía más de aquella actividad que demostró en el Puente de los Suspiros, que de aquella fuerza herculina que se sabía que podía ejercer sin esfuerzo en ocasiones de mayor peligro. Su boca y barbilla eran las de una deidad; sus ojos únicos, salvajes, llenos y líquidos, cuyas sombras variaban desde un color miel hasta un gris intenso y brillante; su cabello era negro y rizado y su frente, de una anchura inusual, brillaba por momentos como luces de marfil. Sus rasgos no eran rasgos que yo hubiera visto, excepto, tal vez, los rasgos en mármol del emperador Cómodo. Sin embargo, su rostro era uno de esos que todo hombre ve en algún momento de su vida y nunca más vuelve a ver. No era peculiar, no había en él ninguna expresión particular que pudiera grabarse en la memoria; un rostro visto y olvidado en el momento, pero olvidado con un leve e incesante deseo de recordarlo. No es que el espíritu de cada pasión dejara en alguna ocasión su propia imagen distintiva en el espejo de aquel rostro; sino que el espejo —como lo hacen los espejos—, no guardaba el vestigio de la pasión una vez que esta lo abandonaba.

Al despedirlo en la noche de nuestra aventura me pidió —interpreté que de manera urgente— que lo buscara *muy* temprano a la mañana siguiente. Poco después del amanecer me encontraba yo en su *palazzo*, una de aquellas grandes estructuras de pompa oscura, aunque fantástica, que se elevan sobre las aguas del Gran Canal en la cercanía del Rialto. Se me presentó una amplia y curvada escalinata de mosaicos, que llevaba a un salón cuyo esplendor sin igual brillaba a través de la puerta abierta con una mirada que me cegó y mareó ante su lujo.

Sabía que mi conocido era de buen pasar. Los rumores hablaban de sus posesiones en términos que llegué a considerar ridículos y exagerados. Pero al ver a mi alrededor no podía creer que la riqueza de ningún sujeto de Europa pudiera costear la principesca magnificencia que resplandecía y brillaba en aquel lugar.

Como dije, el sol recién había salido, pero aun así la habitación ya estaba brillantemente iluminada. A juzgar por esta circunstancia y por el tono de cansancio en el semblante de mi amigo deduje que no se había acostado en toda la noche anterior. La arquitectura y decoración del aposento tenía como objetivo evidente deslumbrar y asombrar. Poca atención se le prestó al *decoro* de lo que en la jerga técnica se llama *conservación,* o a las propiedades de nacionalidad. La vista vagaba de un objeto a otro y no descansaba en ninguno, ni siquiera en las *grotescas* pinturas griegas, ni en las esculturas de la mejor época italiana, ni los enormes tallados del antiguo Egipto. Vívidos tapices en toda la habitación temblaban por la vibración de la música baja y melancólica, cuyo origen no pude descubrir. Los sentidos eran oprimidos por perfumes que se entremezclaban en conflicto, elevando su aroma desde extraños e intricados pebeteros, junto con multitudinarias lenguas de fuego chispeante color esmeralda y violeta. Los rayos del sol naciente se volcaban en todo, a través de las ventanas, cada una formada por un panel de cristal tintado carmesí. Mirando aquí y allá, en miles de reflejos, desde cortinas que se caían desde sus cornisas como cataratas de plata derretida, los rayos de gloria natural se mezclaban y encajaban con la luz artificial, y reposaron acumulados en grandes masas sobre una alfombra rica de apariencia líquida y bordaba con oro de Chile.

—¡Ja, ja, ja! ¡Ja, ja, ja! —rio el propietario, invitándome a tomar asiento mientras entraba yo a la habitación y se lanzaba él para acostarse sobre un otomano.

—Veo —dijo, al percibir que no podía yo reconciliarme con el decoro de tal bienvenida—. Veo que la habitación lo dejó perplejo, mis estatuas, mis imágenes, la originalidad del concepto de mi arquitectura y tapicería, embriagado, ¿no?, ¿por mi magnificencia? Pero discúlpeme, querido —entonces su voz tomó un tono de cordialidad pura—, disculpe mi risa irrespetuosa. Parecía usted *tan* atónito. Además, algunas cosas son tan ridículas que *es cuestión* de reír o morir. ¡Morir de la risa debe ser la muerte más gloriosa! Sir Thomas More, hombre excelente era Sir Thomas More, murió de la risa, recordará usted. También en los *Absurdos* de Ravisio Textor hay una larga lista de personajes que conocieron el mismo final. Sin embargo, ¿sabía que en Esparta, que ahora es Palaiochori; quiero decir, al oeste de la ciudadela, entre un caos de ruinas apenas visibles, hay una especie de *sócalo* en el que todavía se pueden ver las letras «ΛΑΞΜ». Son, sin duda, parte de «ΓΕΛΑΞΜΑ». Ahora bien, en Esparta había miles de templos y santuarios para miles de divinidades diferentes. ¡Cuán extraño es que de entre todos los altares el que haya sobrevivido sea el de la risa!

»Pero en este caso —reanudó su discurso, con una alteración singular en su voz y actitud—, no tengo yo razón para reírme a sus expensas. Puede usted asombrarse. Europa no puede producir nada tan refinado como este, mi pequeño gabinete real.

El resto de las habitaciones no son de ningún modo similares, apenas son *exageraciones* de moda insípida. Esto es mejor que la moda, ¿verdad? Sin embargo, con solo verlo despertaría la rabia de todo aquel que pudiera permitírselo a costa de todo su patrimonio. Me he protegido, no obstante, contra tales profanaciones. Con una excepción, es usted el único ser humano además de mí mismo y mi *valet* al que se le ha permitido adentrarse en los misterios de estos recintos imperiales desde que fueron adornados como puede ver ahora.

Me incliné en señal de reconocimiento, ya que la abrumadora sensación de esplendor y perfume, junto con la música y la excentricidad inesperada de su comportamiento me impidieron expresar en palabras mi apreciación por lo que pude entender era un cumplido.

—Aquí —prosiguió, mientras se levantaba, apoyándose en mi brazo para poder pasear por la habitación—, aquí hay pinturas de los griegos hasta de Cimabue, y de Cimabue hasta de los contemporáneas. Muchas fueron escogidas, como puede ver, sin dar mucha importancia a las opiniones de los expertos. Sin embargo, todas son acordes para un aposento como este. Aquí también hay algunas obras maestras de grandes desconocidos; y aquí, diseños inconclusos de hombres que supieron ser famosos, cuyos nombres las academias ocultaron con perspicacia, excepto a mí. ¿Qué opina? —me dijo, girando de forma abrupta mientras hablaba—. ¿Qué opina de esta *Madonna della Pietà?*

—¡Pero si es la de Guido! —dije con un entusiasmo propio de mi naturaleza, absorto por su encanto sin igual—. ¡Es la de Guido! ¿Cómo *hizo* para obtenerla? Es sin duda para la pintura lo que la Venus es para la escultura.

—¡Ja! —dijo pensativo—. La Venus, ¿la hermosa Venus? ¿La Venus de los Medici? ¿La de cabeza diminuta y cabello dorado? Parte del brazo izquierdo —aquí su tono de voz bajó y se volvió difícil entenderle— y todo el brazo derecho fueron restaurados; y en la coquetería de ese brazo derecho está, creo yo, la quintaesencia de toda afectación. ¡A *mí* deme el Canova! El Apolo también es una copia, de eso no hay duda. ¡Ciego e ingenuo soy, que no puedo ver la inspiración tan alabada del Apolo! No puedo evitar, ¡pobre de mí!, no puedo evitar preferir el Antínoo. ¿No fue Sócrates quien dijo que el escultor encontraba su estatua en el bloque de mármol? Entonces Miguel Ángel no fue original en su dístico:

> Non ha l'attimo artista alcun concetto
> Che un marmo solo in se non circonscriva.

Se ha observado, o se debería observar, que el comportamiento de un verdadero caballero siempre será distinto al del hombre vulgar, sin poder identificar con exactitud en qué consiste tal diferencia. Al aplicar la totalidad de esta observación al comportamiento de mi amigo sentí, en aquella venturosa mañana, que se podía aplicar aún más a su temperamento y comportamiento moral. Tampoco puedo definir mejor aquella peculiaridad en su espíritu que parecía apartarlo de manera tan esencial de otros seres humanos, que llamarla un *hábito* de pensamiento intenso y continuo, que impregna hasta sus acciones más triviales, y se entreteje con sus destellos de alegría, como las serpientes que reptan de los ojos de las máscaras sonrientes en las esquinas de los templos de Persépolis.

No pude evitar, sin embargo, observar en varias ocasiones, a través del tono ligero y solemne con el que se explayaba rápidamente sobre asuntos de poca importancia, un cierto aire de inquietud, un grado de *unción* nerviosa en su habla y su actuar, una excitabilidad inquieta en su comportamiento que en ningún momento pude explicar y por instantes me alarmaba. Con frecuencia, también, pausaba en mitad de una oración que aparentemente había olvidado como había comenzado, parecía escuchar con la mayor atención, como si por momentos esperara visita o como si oyera sonidos que solo tenían lugar en su imaginación.

Fue durante uno de esos reveses o pausas de aparente abstracción, al pasar una página de la preciosa tragedia del poeta y académico Poliziano, «El Orfeo» (la primera tragedia en italiano nativo), que se encontraba sobre el otomano cerca de mí, que descubrí un pasaje subrayado con lápiz. Era un pasaje cerca del final del tercer acto, un pasaje emocionante que sacudía el corazón, un pasaje que, aunque teñido de impureza, ningún hombre puede leer sin ser sacudido por una nueva emoción, ni ninguna mujer sin soltar un suspiro. Toda la página estaba manchada por lágrimas frescas; y en la hoja opuesta se podían encontrar las siguientes líneas en inglés, escritas de forma tan distinta a la caligrafía de mi amigo, que me costó reconocerlas como suyas:

Aunque fuiste todo para mí, amor,
  todo lo que mi alma pudo alcanzar,
una isla verde en el mar, amor,
  una fuente y un altar,
adornada con mágicas frutas y flores;
  flores que eran mías nada más.
Ah, ¡sueño demasiado brillante para durar!
  Ah, esperanza estrellada que creció
pero que no pudo perdurar.
  Una voz desde el futuro gritó
«¡adelante!», pero en el pasado, atrás,
  flota mi espíritu en la sombra del limbo,
paralizado, horrorizado y mudo.
¡Pero qué desgracia! Conmigo
  la luz de vida se acabó.
«Ya no más, no más»
  (estas palabras sostiene el mar
hasta la arena de la costa),
  ¿florecerá el árbol fulminado
o volará el águila golpeada?
Ahora mis horas son trances;
  y todos mis sueños nocturnos
son donde mira el ojo oscuro,
  y donde tus pasos se asoman,
en aquellas danzas etéreas,
  por los canales italianos.
¡Pero qué desgracia! Aquel tiempo maldito
  te llevaron hasta el oleaje,
desde el amor hasta la edad y el crimen,
  y un almohadón profano
lejos de mí y nuestro clima nublado,
  donde llora el sauce plateado.

El hecho de que estas líneas estuvieran escritas en inglés —idioma que no sabía que el autor conociera— me dejó algo sorprendido. Sabía bien de la magnitud de sus conocimientos y el particular placer que sentía al ocultarlos, por lo que no debería haberme sorprendido al descubrir esto; pero debo confesar que el lugar de expedición me asombró, y no poco. Fue escrito originalmente en *Londres,* para luego ser borrado —no lo suficiente, sin embargo, como para ocultar las palabras al ojo observador—. He dicho que me asombró, y no poco; ya que recuerdo que, en una conversación anterior con mi amigo, le pregunté si había visto en algún momento a la marquesa di Mentoni en Londres —quien vivió durante unos años en aquella ciudad antes de casarse—. Su respuesta, si no me equivoco, me dio a entender que él nunca había visitado la metrópolis de Gran Bretaña. Me es pertinente mencionar ahora que he oído más de una vez —por supuesto sin dar crédito a un informe tan improbable—, que la persona de quien hablo era *inglés* no solo por nacimiento, sino también por educación.

***

—Hay una pintura —dijo, sin saber que había yo notado la tragedia—. Hay una pintura que todavía no ha visto.

Entonces corrió una tela y descubrió un retrato a tamaño completo de la marquesa Afrodita.

El arte humano no podría haber hecho más en cuanto a la delineación de su belleza sobrehumana. La misma figura etérea que se hallaba parada ante mí en los escalones del Palacio Ducal la noche anterior estaba otra vez ante mí. Pero en la expresión de su semblante, que resplandecía con sonrisas, todavía acechaba —¡incomprensible anomalía!— aquella irregular mancha de melancolía que nunca se podrá separar de la perfección de su belleza. Su brazo derecho se doblaba apoyado sobre su pecho. El izquierdo apuntaba hacia abajo, hacia una curiosa vasija. Solo uno de sus pequeños pies de hada era visible y apenas tocaba el suelo. Apenas distinguibles entre la atmósfera brillante que parecía rodear y encuadrar su encanto flotaban un par de alas de las más delicadas que se puedan imaginar. Mi mirada cayó desde la pintura hasta la figura de mi amigo y las vigorosas palabras de la *Bussy D'Ambois* de Chapman temblaron en mis labios:

> ¡Está allí arriba
> cual estatua romana! ¡Se quedará allí
> hasta que la Muerte lo convierta en mármol!

—Venga —me dijo finalmente, volteando hacia una mesa de plata maciza y suntuosamente esmaltada, sobre la que había algunas copas con tintes fantásticos, junto a dos grandes vasijas etruscas, del mismo modelo extraordinario que la antes mencionada en el retrato, llenas de lo que supongo que era Johannisberger—. Vamos —dijo de forma abrupta—, ¡bebamos! Es temprano, pero bebamos. Es *en verdad* temprano —continuó, pensativo, mientras un querubín hacía sonar el lugar con un martillo dorado en la primera hora después del amanecer—. Es *en verdad* temprano, pero ¿qué más da?, ¡bebamos! Brindemos una ofrenda al solemne sol que estas lámparas y pebeteros tan vistosos están tan ansiosos por opacar. —Y, tras hacerme brindar con él, tragó en una rápida secuencia varias copas de vino.

—Soñar —continuó, con el tono de su conversación inconexa, mientras elevaba a la luz de un pebetero una de las magníficas vasijas—, soñar ha sido uno de los propósitos de mi vida. Por eso construí, como verá, este aposento de sueños. ¿Podría haber erigido uno mejor en el corazón de Venecia? Puede ver a su alrededor, en verdad, una combinación de ornamentos arquitectónicos. La castidad de Jonia se ve ofendida por los artilugios antediluvianos y las esfinges egipcias se extienden en alfombras de oro. Sin embargo, el efecto es incongruente solo para los tímidos. Las normas del lugar, y en especial las del tiempo, son las pesadillas que aterran a la humanidad y le impiden contemplar lo magnífico. Yo mismo fui alguna vez un devoto del decoro; pero la sublimación de la necedad ha empalidecido mi alma. Todo esto es ahora mi propósito. Como estos pebeteros arabescos, mi espíritu arde en llamas y el delirio de esta escena me insta a las más salvajes visiones de aquella tierra de sueños reales a la que ahora me dirijo con rapidez. —Se detuvo abruptamente, inclinó la cabeza hacia el pecho y pareció prestar atención a un sonido que yo no podía oír. Tras un momento, irguiéndose, miró hacia arriba y soltó las líneas del obispo de Chichester:

> ¡Quédate allí! No dudes que nos encontraremos
> en aquel valle vacío.

En el momento siguiente, confesando el poder que tenía el vino, se lanzó sobre el otomano.

Se oyeron entonces pasos rápidos en las escaleras, a los que rápidamente le siguió un fuerte golpe en la puerta. Me apresuraba a anticipar una segunda interrupción cuando un paje de la casa Mentoni irrumpió en la habitación y balbuceó, con una voz ahogada de emoción, las incoherentes palabras:

—¡Mi señora, mi señora! ¡Envenenada, envenenada! ¡Oh, la hermosa, la hermosa Afrodita!

Desconcertado, me dirigí con prisa al otomano para despertar al durmiente, para que oyera la estremecedora noticia. Pero sus extremidades estaban rígidas, sus labios lívidos, sus ojos centelleantes ahora centelleaban *muerte*. Me alejé tambaleándome hacia la mesa —mi mano cayó sobre una copa rota y negra— y la terrible y completa verdad opacó de repente mi alma.

Rosetta Edu

CLÁSICOS EN ESPAÑOL

Esperamos que haya disfrutado esta lectura. ¿Quiere leer otra obra de nuestra colección de *Clásicos en español*?

En nuestro Club del Libro encontrarás artículos relacionados con los libros que publicamos y la literatura en general. ¡Suscríbete en nuestra página web y te ofrecemos un ebook gratis por mes!

Recibe tu copia totalmente gratuita de nuestro *Club del libro* en rosettaedu.com/pages/club-del-libro

Rosetta Edu

EDICIONES BILINGÜES

En una atmósfera constante de misterio y amenaza, *El corazón de las tinieblas* narra el peligroso viaje de Marlow por un río (sin duda el Congo aunque no es nombrado en el relato) africano. Lo que el marino puede observar en su viaje le horroriza, le deja perplejo, y pone en tela de juicio las bases mismas de la civilización y la naturaleza humana.

Durante décadas, y acercándose a su centenario, *El gran Gatsby* ha sido considerada una obra maestra de la literatura y candidata al título de «Gran novela americana» por su dominio al mostrar la pura identidad americana junto a un estilo distinto y maduro. La edición bilingüe permite apreciar los detalles del texto original y constituye un paso obligado para aprender el inglés en profundidad.

En *La señora Dalloway* Virginia Woolf relata un día en la vida de Clarissa Dalloway, una señora de la clase alta casada con un miembro del parlamento inglés, y de un ex-combatiente que lucha contra su enfermedad mental. La innovación de la novela es la corriente de consciencia: Woolf sigue el pensamiento de cada personaje, siendo excelente a la hora de narrar emociones, asociaciones y sentimientos.

rosettaedu.com